Lehen argitaraldia: 2002, martxoa
10. argitaraldia: 2007, urria

Diseinua: Borja Goitia
Azaleko argazkia eta egilearena: Juantxo Egaña

L.G. SS-1451/07
ISBN 978-84-8331-839-3

Elkar Argitaletxea
Portuetxe kalea, 88 bis
20018 Donostia
Tel. (0034) 943 310 267
Fax: (0034) 943 310 216

elkarlanean@elkarlanean.com
www.elkarlanean.com

Inprimatzailea: Leitzaran Grafikak S.L.

Fernando Morillo

ORTZADARRA SUTAN

elkar

ORTZADARRA SUTAN
(Ilargiaren Mintzairak)

Beasaingo Udalak, CAF enpresak
eta Elkar argitaletxeak antolaturiko
III. IGARTZA saria
idazle gazteentzako bekaren irabazlea

BEASAINGO
UDALA

elkar

CAF
CONSTRUCCIONES Y
AUXILIARES DE
FERROCARRILES, S.A.

Ortzadar zatiak irakatsi dizkidazuen guztiei
(ni barne)

Beste aingeru ahaltsu bat ikusi nuen zerutik jaisten, hodeiz inguratua: ortzadarra zuen buru inguruan, aurpegia eguzkia bezain distiratsua eta zangoak suzko habeak bezalakoak. [...] Deiadar egin zuenean, zazpi trumoik jo zuten burrunba. Zazpi trumoiek hitz egin zutenean, idaztera nindoan, baina ahots bat entzun nuen zerutik esaten: "Gorde isilpean zazpi trumoiek esan dutena eta ez idatzi".

Apokalipsia, 10, 1-4

Zoriontasuna, ortzadarraren moduan, ez da sekula ikusten norberaren etxean; besterenean soilik.

Alemaniar esaera.

(1987. URTEA)

Hasieran ez zegoen ezer. Eta Jainkoak esan zuen:
"izan bedi argia!". Eta oraindik ez zegoen ezer.
Baina zer demontre, behintzat ikus zenezakeen!

Stanley Kubrick

PUTITOURRA

–Etorri! –oihukatu zien Alexek.

Plaza atzeko aparkalekura eraman zituen beste hirurak. Ez zebilen inor inguru hartan. Bi farol nekatuk argi ahulez bustitzen zuten lekua. Itzalak ziren han, beste ezer baino areago, jaun eta jabe.

Itzalak eta gaua.

Beltza beltzaren gainean.

Alexek airea usaindu zuen, otsoen antzera. Gauak zirrara zekarren. Burua itzuli, eta lagunei begira-begira geratu zen.

–Bueno, zer, prest al zaudete?

Larunbata. Goizeko ordu bata. Goizegi ia edozertarako.

–Prest? Zertarako?

Saguzar batek lau lagunen buru gainetik planeatu zuen. Bizpahiru hegaldatze ero egin zituen, norakorik gabe bezala, eta gero desagertu egin zen.

–Gaur putitourra egin behar diagu.

–Puti zer? –harritu ziren. Hirurak.

–Putitourra.

Kaskamotzak eta besoan tatuaturik zeraman pirata-banderak azkar nabarmentzen zuten Alex lagunen artean. Geldiezina eta oldartsua, hilabete eskasa zen hamazortzi urte bete zituela, eta ospatu egin nahi zuen. Bere erara. Alexen begi ilunek basatasun puntua izan ohi zuten. Gau hartan, ordea, gau hartan areagotua zegoen haien berezko distira hezigaitza.

Lagun taldeko liderra zen.

Eta bazekien.

–Zer esan nahi duk? –galdetu zion Imanolek, bekokia zimurtuz. Bere gorputz argal eta luzea teinkatu egin zen une batez. Ile kizkur luzeak aurpegi erdia estali zion. Esku batez kendu zuen, atzera botaz, eta kokospekoa laztandu zuen gero.

–Hik zer uste duk? –Alexek burutik heldu zion lagunari, brometan, eta lehen baino gehiago nahasi zuen haren ile kizkurra–. Lasai: uste duana baino zerbait gehiago egingo duk laster.

–Ez adarrik jo. Hi ez hago ondo ganbaratik –bota zion besteak, Julenek, asaldaturik. Batera eta bestera mugitu zuen burua, berezkoa zeukan mugimendu bitxiarekin, eta "zora-zora eginda hago" esanez bezala. Juleni Bronto esaten zioten lagunek, askotan, lepoa luzaturik eta zuzen-zuzen ibiltzeko mania zuelako, eta Brontosauro bat ematen omen zuelako. Hasieran haserretu egiten zen goitizen hori adituz gero, baina denborarekin Julenek berak ere normaltzat hartzen zuen ja.

–Ez, ez nagok batere ondo –onartu zion Alexek. Banan-banan aztertu zituen guztiak; su begirada hura zeukan berriro. Erronka bota zien–: Bost axola gainera. Portzierto, nire kotxe berrian joateko ohorea izango duzue.

–Kotxea ekarri al duk? –galdetu zion Julenek, begiak asko irekiz. Txundituta zegoen.

Alexek ez zion jaramonik egin.

–Etorriko zarete edo ez?

Haritzek, deseroso, betaurrekoak kendu, ez zuten zikinkeria garbitu, eta berriro jantzi zituen. Armairua zirudien arren, bizkar zabala zela eta, ez zen taldeko oldarkorrena preseski. Sudur motza eta masailezurra kanpoko aldera izateak haren boxeolari itxura areagotu baino ez zuen egiten. Baina haren indar fisikoa eta kemen falta zuzenki proportzionalak ziren. Liburuak irakurtzen hazi zen, horietan aurkitzen baitzuen inguruko errealitatetan faltan sumatzen zuen bizigarria. Paperetatik irteteak, ordea, iparrorratzik gabeko marinel bihurtzen zuen askotan. Eta jitoan sentitzen zen.

–Zenbat denbora duk gidabaimena atera huela? Asko ez –seinalatu zuen Haritzek.

–Pare bat aste bai. Zuek lasai.

–Pare bat aste? Eta lasai egoteko esaten duk?

–Lasai egoteko, joño. Dena kontrolpean zagok.

Ziurgabetasunaren estualdiak hartu zituen Alexen lagunak.

–Eta dirua? Gainera hori: ez dugu dirurik! –tematu zen Haritz, aitzakiaren baten bila.

–Moldatuko gaituk nola edo hala. Denon artean bada ere –Alexek lagunari begiratu zion–. Gauza horiek gero pentsatzen dituk, Haritz. Bestela ez gintuzkek inoiz mugituko.

Julenek garagardo botila bat ikusi zuen bide erdian. Izpi galdu pare bat islatzen zuen ilunantzean. Argi-malkoak iruditu zitzaizkion; urperatze etiliko baten hondarrak balira bezala. Ostiko bat eman zion, baztertzeko asmoz. Botilak espaloi izkinaren kontra jo, eta mila pusketatan birrindu zen. Kristal hautsien soinuak suspertu egin zuen.

–Baina zergatik orain?

Alexek maltzur aurpegia jarri zuen.

–Zergatik ez? –irribarre egin zuen. Gero buru gainean gurutzatu zituen eskuak.

Alexen adoreak noranahi eraman ohi zituen, besteak pentsatzen hasi orduko hark bidean zeramatzalako ja. Oraingoan, haatik, geldi jarraitzen zuten.

Egiatan ari zela antzeman zioten eta, beraiekin edo beraiek gabe, joan egingo zela azkenean. Iritzi truke mutua izan zen lagunen artean. Haritzek izu begirada zeukan betaurrekoen atzean, baina ez zuen txintik atera; Imanolek eta Julenek adi ziruditen bat-batean, interesaturik ia.

–Bai? –galdetu zuen Imanolek, bekaturen bat egiteko zorian egon eta onartu nahiko ez balu bezala. Eskarmenturik ezak bultzatu egiten zuen, aztoratzen zuen neurri berean. Ibiltzen ikasten dabilen haurraren gisa.

–Zer bestela? –bota zien Alexek–. Bizitzan dagoen hanka sartzerik handiena, Imanol, begira gelditzea duk. Mugi!

ESKATU EGINGO ZIONAT

Alaznek urrunera begiratzen zuen, zeruertzean ezkutatuko balitz bezala bilatzen zuen erantzuna.

–Erabakita zaukanat –jakinarazi zien beste hiru neskei. Alboko tabernako atea irekita zegoen, eta bertatik zetorren musika ozenak ahotsak estaltzen zizkien. Pixka bat urrundu ziren, lasaiago hitz egin ahal izateko –. Imanoli eskatu behar zionat irteteko. Gaur bertan.

Alazneri, ilargia bezalako aurpegi zurbil-borobilarekin, eta bere ibilera delikatu hura zela medio, panpina itxura zuela aurpegiratzen zioten askotan. Geisha hauskor baten moldea. Pixka bat ezagutzen zutenek, ordea, ondo zekiten irudi ahul gisako horren azpian arima tinkoa gordetzen zela. Bizpahiru urte zeramatzan gurasoen tabernan ia asteburuero laguntzen. Eta gauza gutxik trebatzen dute gehiago –azkar antzeman zion Alaznek berak– mozkortiekin astero-astero tratatzeak baino.

–Imanoli? Hire gelakoari? –galdetu zuen Mirarik, harridura puntu batez–. Kokospekoa daukan luze horri?

Mirariri ezinezkoa iruditzen zitzaion gustuko mutil batengana hurreratzea ere. Zer esango zion, ba? Mirarik bere jantzi koloretsuek aldarrikatzen zuten moduko hippya izan nahiko zukeen, maitasun librea, askatasuna eta horrelako hitz potoloek adierazi nahi zutena bizi. Baina etsita zegoen ameslari urardotua baizik ez zela; nahi eta ezinaren irudi bakartia.

–Horrixe –aitortu zion Alaznek–. Ikusten baduzue, abisatu.

–Ei, ba, nik ikusi dinat –hasi zen Irene–. Hona nentorrela. Ez ditun bost minutu izango.

Begiak erdizka itxi zituen, eta pentsakor gelditu zen. Alazne aurrean jarri zitzaion, aztoratu antzean.

–Non zegoen?

Irenek lasaitzeko adierazi zion esku-keinu batez.

–Plazan ikusi dinat. Lagunekin. Alex eta horiekin.

–Nola zegoen jantzita?

–Buf! Zer dakit nik! –barre egin zuen–. Urrunetik baizik ez ditinat ikusi. Bakeroak eta elastiko beltza? Jakin ezan.

–Seguru? –presatu zuen Alaznek.

–Esan ez dinat, ba, apenas ikusi dudala? Ai, ai, ai, Alazne. Kontuz ibil hadi...

Burua astindu zuen Irenek, jostalari eta kezkati artean. Bere ile luzea askatu, eta berriro bildu zuen motots batean. Gorrixka, nahasia eta bizia; su-ilea, Irenek berak sarritan errepikatzen zuen bezala. Ileaz zegoen, hain zuzen, harroen: bi mototsetan bana zezakeen, Pippi Galtzerdiluzeren antzera, eta gazteagoa zela antzeztu; edo aske utzi eta arropa serioagoa jantzi, andre heldua itxuratuta. Beti nahi izan zuen aktore izan.

–Lagunduko didazue plazara? –erregutu zien Alaznek.

Mirarik, Irenek eta Arantxak elkarri begiratu zioten. Irribarretsu zeuden. Arantxak hitz egin zuen, sorbalda sendoak jasoz.

–Zer erremedio.

Alazne Arantxaren aurrean jarri zen.

–Arantxa. Arantxa, faborez, utzi niri hitz egiten, bai?

Arantxak barre egin zuen, baina ez kezkatzeko adierazi zion: irudizko kremailera batez itxi zuen ahoa.

–Txintik ere ez. Edo saiatuko naun behintzat.

Ez –larritu zen Alazne–. Saiatu ez.

Arantxa kirolari aparta zen eta txandala zuen ohiko uniformea. Asteguna zein astebukaera izan. Oinez ikasi aurretik ere igerian zebilen, eta lasterka mutil gutxik uzten zuen atzean. Kirolaren ondorioz, fisiko indartsua zuen. Baina ez bakarrik fisikoa: mutilekin lehiatzen ohitua, beti zeukan zirtoa edo ironia gertu. Horrek kezkatzen zuen Alazne, hain zuzen ere: Arantxak ez ote zuen Imanol edo haren koadrilakoekin borroka dialektikoren batean amaituko, eta berak Imanolekin hitz egiteko zeukan asmoa zapuztuko.

–Ezetz. Txantxa zela. Isil-isilik egongo naun. Benetan. Goazen!

Segituan iritsi ziren plazara. Alaznek batera eta bestera begiratzen zuen, guda-ontzi bateko radarra balitz bezala. Baina ez zen lehena izan mutilak aurkitzen.

–Han! –esan zuen Irenek bat-batean–. Han daude, ikusten? Hantxe. Eta badoazela ematen din.

–Jo –hasi zen Alazne, ohi baino zurbilago, arnasa korapilaturik eta pauso bat atzera eginez

–Zer? –galdetu zion Arantxak.

–Lehen… Lehen guztiz seguru nengonan.

Mirarik, gerritik heldu, eta musu eman zion masailean.

–Bea, neska. Hori eta gehiago egiteko gauza haiz eta.

ILE ZURIDUNA

–Hori duk kotxea –adierazi zien Alexek.

–Zein?

–R-12a.

Hurbildu egin ziren.

–Joño, hi! Herdoildu gabeko zati batzuk ere bazauzkak! –esan zuen Julenek, barrez lehertuta–. Bueno, ikusgarria behintzat baduk.

Berde argia zen. Gehiena, behintzat. Kopilotuaren atea granate-kolorekoa baitzen, eta sabaia hori zikinekoa.

–Ibiliz gero… –konformatu zen Imanol.

–Bai, motel –giltzak atera zituen Alexek–. Ibili bazabilek. Eta neurea duk, gainera.

Barrura egin zuten.

Atzerako ispilua ondo jartzen ari zela, norbait ikusi zuen Alexek. Neska bat ematen zuen. Keinuka-edo ari zela iruditu zitzaion. Berari? Leihatila jaitsi eta hobeto begiratu zuen. Alexek bere burua seinalatu zuen, ea berarekin ari ote zen galdetuz bezala. Neskak baiezko keinua egin zion. Itzalak babestuta zegoen eta ez zuen ondo ikusten, baina Alexi iruditu zitzaion ondo antzeman ezin zion zerbait arraroa zeukala.

–Itxoin ezazue pixka bat –esan zien Alexek lagunei–. Segituan nauk.

Neskari hurbildu zitzaionean konturatu zen bitxia ematearen zergatiaz. Katu begirada ahaltsua zeukan; eta ile zuri luzea eta bihurria. Konbinazio aski nahasgarria.

–Nirekin ari hintzen?

–Alex haiz.

Alexek bestearen begiradari eutsi zion.

–Alex naun. Eta?

–Presa duk.

–Presa?

–Hire denbora amaitzen sentituko bahu bezala.

–Zer ari haiz, ordea?

Neskaren ezpainek irribarre txikia irudikatu zuten.

–Berdin duk. Ez dik inporta. Gertutik ikusi nahi hindudan. Hori bakarrik –aldentzen hasi zitzaion–. Nahikoa, horrekin. Egunen batean egongo gaituk. Baina goiz duk oraindik.

Alexek besoak gurutzatu zituen.

–Goiz? Ze arraiotan ari haiz, ordea?

–Egunen batean –izan zen neskaren erantzun bakarra. Urruntzen jarraitu zuen.

–Egunen batean? Ei! Egongo al haiz hor? E! –Alexen oihuak gero eta ozenagoak ziren. Atzetik hasi zitzaion neskari, baina hark, buelta eman, eta, eskua altxatuz, ez jarraitzeko adierazi zion.

–Ez. Zain egon beharko duk.

–Zain? Zeren zain? Hire zain? –barre egin nahi izan zuen Alexek. Erdibideko imintzio batean geratu zitzaion.

Neska itzaletan ezkutatzen hasia zen. Alexek autora bueltatzea erabaki zuen. "Porkulo hartzera. Zororen bat baizik ez duk." Hala eta guztiz ere, azken unean burua itzuli eta oihu egin zuen itzal aldera.

–Hire izena?

Neskaren ahotsa ozta-ozta baina entzungarri iritsi zitzaion.

–Maddi.

Erabaki azkarra hartuz, Alexek neska desagertu zen aldera jo zuen, erdi lasterka.

–Maddi! Azalduko al didan zein den joko hau? –deitu zion. Non demontre sartu zen ile zuri hura?–. Maddi?

–Alex! –Imanolen ahotsa zen. Autotik ari zitzaion–. Alex, ba al gara edo zer? Ez dugu irratiarekin asmatzen!

Bi segundo egon zen hausnarrean, bilatzen jarraitu ez jarraitu. Ez zuen inolako zaratarik entzun, ez zuen inolako mugimendurik ikusi. Neska ez zen inondik ageri, eta onena lagunekin itzultzea zela iritzi zion.

–Zer zen? –galdetu zion Julenek, Alex auto barruan zegoela jada.

–Ezer ez. Xelebrekeria bat. Ile zuridun neska bat adarra jo nahian hasi zaidak.

–Ile zuriduna? –harritu zen Imanol.

–Bai. Zuri antzekoa. Oso bitxia zuan. Katu begirada zeukaan.

–Eta?

–Ba, ezer ez. Alde egin dik.

–Kitto?

–Kitto –giltza kontaktuan sartu zuen.

Susto ederra hartu zuten autoa martxan jarri zenean. Ta-ta-ta-ta-krak! DAUNB!

Alexek bakarrik egin zuen barre.

–Zer... zer izan da hori? –galdetu zuen Imanolek, beldurtu antzean. Besteak ere ez zeuden hobeto. Haritzek leku guztietara begiratzen zuen, izuturiko hamster erraldoia balitz bezala.

–Laaasai. Hori normala duk –azaldu zien Alexek–. Martxan jartzean egiten duen zarata da. Berotze ariketa moduko bat.

–Joder –asmatu zuen esaten Julenek–. Ba, hurrengoan abisatu; patatakoa emango ziguk eta.

–Bale –Alexek irribarre egin zuen–. Eta orain bai, bagoazak –azken begiratua egin zien lagunei–. Ezta?

Ez zion inork erantzunik eman.

–Bueno –bere baitarako bezala jarraitu zuen–. Entzun eta isil, baiezko borobil.

Autoa ateratzen hasi zen.

Danba!

–Ostia! Eta hori? –larritu zen Julen.

–Lasai, zuek lasai –jarraitu zuen Alexek–. Espaloia zuan. Ez diat ondo kalkulatu ateratzean. Baina no problem.

–Gu lasai –errepikatu zuen Imanolek, gehiago bere burua konbentzitzeko Alex baiesteko baino–. Gu lasai-lasai.

ZURE ATZETIK

Alazne eta lagunak plaza atzeko aparkalekura joan ziren, mutilen arrastoaren atzetik. Itzal trinkoz beteta zegoen lekua. Soslaian begiratuz gero, forma bizidunak zirela pentsa zitekeen. Iluntasun ezberdinak lasterka hasiko zirela iruditu zitzaion Alazneri. Jada behar ez eta axolagabe abandonaturiko ametsak balira bezala.

–Auto hartan sartu ditun –esan zuen Irenek.

Alaznek isilik begiratzen zuen. Imanolen kokospekoa sumatu zuen auto barruan. Gogoak tira egiten zion. Mutil harengana joateko bultza egiten zion. Pizturiko odolaren mintzaira entzuten hasia zen berriro, eta bazekien zer esan nahi zuen horrek: grinak zirikatutako itsualdia; arriskua. Baina ez zen ausartuko berarengana joatera. Ez zen ausartuko.

–Nahi al dun hara joatea eta Imanoli pixka batean egoteko esatea? –proposatu zion Arantxak.

–Zer? A, ez, ez. Utzi. Berdin dun. Ikusiko dinat hurrengoan.

Isilik egon ziren, autoari begira. Alex irten egin zen, zerbait begiratzera edo. Zeuden lekutik ezin zuten ondo ikusi.

Arantxak jauzi txiki bat egin zuen.

–Ideia bat zaukanat. Irene, hire ahizpa aurreko tabernan zegonan. Ikusi dun?

–Zein, Amaia?

–Amaia, bai.

–Ez dinat ikusi.

–Ba, hortxe zegonan –ziurtatu zion Arantxak–. Hire ahizpak kotxea zaukan, ezta?

–Eta? –Irenek kasik mesfidati begiratu zion lagunari.

–Arantxa, zer ari haiz pentsatzen? –galdetu zuen Mirarik. Hamaika koloreko ile-zintari ukitu batzuk eman zizkion. Ile-xerlo bihurri batek ihes egin zion.

–Irene, joan hadi ahizparengana eta esaion faborez etortzeko. Edo, hobeto, kotxea ekartzeko. Lehenbailehen! Bea! Ja!

–Baina…

–Ez. Bainarik ez. Ez zagon denborarik. Tira, segi!

Irenek ezpainak hozkatu zituen. Bizkarrari eragin zion ondoren, eta pauso arinean abiatu zen ahizparen bila. Alaznek, unetik unera estuago, zer pentsatu ez zekiela begiratzen zion Arantxari.

–Arantxa. Zer…?

–Ezustekoa emango zienagu.

–Ezustea? Ez, ez! –larritu zen Alazne–. Horrelako umekeriarik ez gero!

–Ze umekeria eta ze kristo! Ikusiko dun. Egundoko ustekabea izango diten. Ondo aterako dun.

Alaznek autoari begira jarraitzen zuen. Alex, egin beharrekoa eginda-edo, barruan sartu zen berriro.

Ta-ta-ta-ta-krak! DAUNB!

–Demontre –izututa esan zuen Mirarik–. Hori dun hori zarata!

–A, begira! –seinalatu zuen Arantxak–. Hemen ditun Irene eta Amaia. Etorri. Etorri azkar! Amaia, non daukan kotxea?

–Kotxea? Hortxe. Hortxe bertan. Baina esango al didazue zer demontre gertatzen den?

Arantxak lasterka eraman zituen besteak autora. Barruan, hitz gutxitan azaldu zion Amaiari egoeraren nondik norakoa.

–Ea ondo ulertu dudan –Amaia Arantxaren azalpenak jarraitzen ahalegindu zen–. Gurdi antzeko R-12 horren atzetik joan behar dinat.

–Bai –konfirmatu zion Arantxak.

–Alaznek horko mutil batekin hitz egin nahi duelako.

–Bai.

Amaiak arnasa sakon hartu, eta hasperen eran bota zuen. Irribarre egin zuen.

–Ez al zegoen modu errazagorik?

–Ziurrenik.

–Eta? Orduan?

–Orduan zer?

–Jo, ba zergatik ez duzuen jo bide errazago batetik.

–Bide errazenak aspergarri bihur daitezken –erabaki zuen Arantxak.

–Hara. Baina errazagoak izaten ditun.

Arantxak ezetz zioen buruarekin.

–Bidea erraza badun, egokia ez den seinale.

Burua astindu zuen Amaiak. Ahizpari zuzendu zitzaion.

–Irene, lagun-taldez aldatu beharko zenuke. Hauek ez daude burutik sano.

–Banekien, bai –onartu zion Irenek, barrez.

Aurreko R-12ak oso zabalean hartu zuen bihurgune bat. Ia errepidetik irten zen.

–Baina, baina… Zein dun kotxe horretako txoferra, ordea? –harritu zen Amaia.

–Alex –azaldu zion Arantxak.

–Kaskamotza? Harro antzean ibiltzen dena?

–Horixe bera.

–Ba, ez zakinat nolatan ez den bidetik irten. Eta bigarren aldia da ja.

Atzerako ispilutik begiratu zuen. Alazneren aurpegiarekin egin zuen topo: zurbila, urduria, nahasia. Pena hartu zuen Amaiak. Ez ote ziren pixka bat pasatzen ari?

–Alazne, ondo al hoa? –galdetu zion.

Alaznek zonbi begirada bat zuzendu zion. Segundo batzuk behar izan zituen munduarekin sintonizatzeko.

–Zer? A… bai –aurreko autoa aztertu zuen Alaznek. Bihotza ziztu bizian ari zitzaion. Hori guztia ezin zen ona izan osasunerako–. Aizan, Amaia, buelta hartzea ba al daukan?

–Itzultzea nahi dun?

–Et, et, et. Nola buelta hartu? –Arantxak asaldatuarena egin zuen–. Ez, ez, ez. Lehen ez al dun esan erabakita heukala?

–Bai, baina…

–Alazne, ez badun egiten, heure buruarekin haserretuko haiz gero.

–Seguruenez, baina…

–Beste pixka batean jarraituko dinagu. Gero ezin baldin badun, ba, ezin dun. Ez dinat ezer esango. Baina ez orain. Itxoin apur bat.

Sorbaldak jaso zituen Alaznek, azkenean, etsirik.

–Urrun haiteke pixka bat gehiago behintzat? –eskatu zion Amaiari–. Bestela ikusi egingo gaitizten.

–Polikiago joango naun.

NEON-ARGIAK

Zaunkak eta hegazkadak entzun zitzaketen gaua zeharkatzen. Azken batean, inguruetako animalia guztiak esnatu zituzten autoaren zaratarekin. Alexek bidexka bat hartu zuen, eskuinetara. Mantsotuz joan zen, pixkanaka. Halako batean, argi zehaztezin batek blaitu zuen autoa.

–Hemen duk –bolante-kolpe bat eman, eta aparkatzen hasi zen. Dozena bat auto zegoen inguruan.

–Iritsi al gaituk? –galdetu zuen Julenek. Ez zeukan oso garbi non zeuden.

–Hor zagok –iragarri zuen Alexek, baserri antzeko eraikin bat seinalatuz. Neon-argi keinukari berdea zeukan goiko aldean. Zerbait zioen, baina ez zen ondo ulertzen zer. "Pub", agian. Haren dirdirak espektro itxura eman zien lagunei–. Hori duk.

–Putetxea –ahoskatu zuen Imanolek.

–Putetxea, bai.

Dena bat izan zen: musika kendu, motorra itzali, ondorengo isiltasuna. Ez zuen inork ezer esan; ez zen inor mugitu. Hiru buruk marmolezko estatuen mugimendu bera zuten. Marmolezko estatuen adierazkortasuna. Alex bakarrik zegoen bizi antzean.

Imanolek buruko mugimendu azkar batez kendu zuen begien parean zeukan ile beltz kizkurra.

–Eta… orain? –galdetu zuen, mututasun deseroso hura apurtu nahian. Kokospekoa igurtzi zuen, arduratuta–. Orain zer?

–Orain barrura –erantzun zuen Alexek. Autoko atea zabaldu zuen–. Horretara etorri gaituk, ezta?

–Hi, Imanol, puzkerra bota al duk? –galdetu zuen Julenek ustekabean. Lagunaren irribarreak baieztatu egin zion–. Hau duk hau perfumea, kabroia!

–Psikologikoa duk! –defendatu zen Imanol, barrez–. Gainera, tentsioa pixka bat hausteko zuan.

–Tentsioa hausteko? –kexatu zen Alex–. Gu hausten ez gaituan bitartean. Bua! Baina tira, gaurkoz barkatuko diagu. Orain beste gauza batzuk zauzkaagu eta. Ezta? –isiltasun sakona–. Zer, bagoaz edo zer?

Haritzen ahotsa entzun zen, azkenean. Betaurrekoak kopetan jarri zituen, zerbait serioa esan behar zuela iruditzen zitzaion bakoitzean egiten zuen bezala.

–Logura nauk, segi zuek. Ni kotxean geratuko nauk. Zaindu egingo diat bitartean.

–Zaindu? –oihukatu zuen Alexek–. Hara bestea. Zain dadila bakarrik! Nork lapurtu behar dik, ba, traste puta hau? Gainera hemen barruan ito egingo haiz horren puzker usainarekin. Utzi txorakeriak eta etor hadi!

–Ez.

–Bea.

–Ezetz, ba.

–Joder, hi –adoretu nahi izan zuen Imanolek–. Ea, animo!

Baina Haritzek ezetz zioen buruz, behin eta berriro.

–Ez.

–Hirekin jardutea alferrik duk, hori bazekiagu –Alexek xaxatu egin nahi zuen–. Baina gero damutu egingo zaik.

–Ez naizela joango, ostia! –oihukatu zuen Haritzek, larrituta.

–Ei, laaasai. Nahi duan bezala. Izorra hadi, ba. Kontatuko dizkiagu gero.

Haritzek ez zituen sekula abandonatu herensugeez, gazteluez eta altxorrez jositako ipuinak. Haiek zituen amets; haiek zituen, azken batean, egia. Errealitatea oinazea zen, eta fantasiarekin ordezten zuen. Azken honetan, fantasian, heroi bilaka zitekeen. Eta printzesak salbatu. Eta altxorrak harrotasunez arbuiatu. Baina beste munduan, lagunak bizi ziren mundu horretan, errealitatean, dardarak eta zorabioak hartzen zuen; ez zen bere ametsak salbatzeko gauza.

Alexi zegokionez, pixka bat mindurik gelditu zen. Harentzat adiskidetasunak eta abenturak edozeren gainetik egon behar zuten, eta lagunek amildegira jauzi egiten bazuten, ba, jauzi egin behar zen. Gero gerokoak. Ahaztea erabaki zuen. Arnasa ozenki hartuz, autoko atea bortizki zabaldu zuen.

–Carpe diem! –oihukatu zuen. Hainbat esalditako errepertorioa zeukan horrelako egoeretarako. Bere burua motibatzeko erabilitako leloak ziren. Ekialdetarren mantra magikoak erabil zitezkeen modura.

Une hartan behintzat ez zegoen beste inor inguruan. Neon-argi berdeak, bere ahuldadean, bakardade zaratatsua baizik ez zuen argiztatzen. Zaratatsua, ze etxe barrutik dezenteko musika eta oihu hotsa entzuten baitzen.

Alex izan ezik, beste guztiek auto barruan jarraitzen zuten. Lagunei begira gelditu zen hura. Burua sartu zuen txoferraren atetik. Hiru aurpegi izutu aurkitu zituen.

–Gaur zer egin behar dugu? –oihukatu zuen.

Barrukoek urduri begiratu zioten.

–Gaur zer egin behar dugu? –berriro bota zuen, koadrilako gerra-oihuaren eskean.

Imanolek erantzun zion, azkenik, beste oihu batean.

–Larrutan!
–Gaur zer egin behar dugu?

Imanolek eta Julenek auto barrenetik egin zuten deiadar, silaba bakoitza markatuz.

–La-rru-tan!

Bat-batean adoreturik bezala, autotik irten ziren.

–Gaur zer egin behar dugu?
–La-rru-tan!

Putetxeko sarrerako bidea hartu zuten. Haritzek izan ezik. Haritz autoan geratu zen, begiak itxita eta hartuko ez zuen loa itxuratu nahian.

Putetxearen ate parean zeudela, Julen Alexen aurrean jarri zen. Bidea itxi zion. Neon berdeak Alexen aurpegi zatiak argitzen zituen, baina tarteko zuloguneen itzalek ageri zuten indar handiena. Begiek distira propioa zuten. Julenek animalia basati baten traza hartu zion.

–Hi, Alex, seguru al hago?

–Ai, Bronto, Bronto. Hi ez? –erantzun zion besteak, eta laguna saihestuz, atea ireki zuen–. Tira, Bronto. Tempus fugit!

Imanolek eta Julenek haren atzetik egin zuten barrura. Larritasunak larritasun, historia egiten ari zirelako sentsazioak hartu zituen. Benetako historia. Azkenean. Sartu orduko aldatu zitzaien aurpegia alabaina, eta zeramaten kemen guztiak berehala egin zien ospa.

Imanoli batez ere.

–Ostia! –ilargi beteak balira bezala zabaldu zitzaizkion begiak. Ikaraz blaitu zen.

–Zer duk? –galdetu zion Julenek, lagunaren larriaz konturatuta. Imanolek ez zuen erantzun. Aurrera begira segitu zuen, denboran izoztutako irudi bat bezala. Haren begirada jarraitzen ahalegindu zen Julen–. Aibadios, hi! Hori ez al da... Hori ez al da Antxon, hire...?

Ez zuen esaldia amaitu. Seinalatzen zuen gizona ate aldera baitzetorren. Beraiek zeuden aldera.

–...Hire osaba faboritoa –irribarretsu bukatu zuen esaldia Alexek–. Uste diat gaur ez garela aspertuko.

URRADURA

Amaiak isilean egin zituen azken kilometroak. Auto gutxi gurutzatu zituzten; errepide hartan ez zegoen zirkulazio handirik. Susmo txarra zeukan neskak, baina ez zuen ezer esan nahi, zer gerta ere. Derrepentean, ordea, Alexek eskuinetarako bidexka hartu zuenean, atzera bueltarik ez zegoela ohartu zen. Lekua ezaguna zuen; nora zihoazen igartzea ez zen zailegia.

–Uste dinat gelditzera doazela –iragarri zuen. Tonua hotza zen.

–A, bai? –Arantxak atzera begira egin zuen ia bidaia osoa. Alazneren artegatasuna aski nabaria zen, eta hura adoretu nahian zebilen, barrea eraginez. Aurrera begira jarri zenean, ordea, non zeuden antzeman zuenean, serio jarri zen.

–Zer duzue? –galdetu zuen Mirarik. Emozioak jota zegoen, abentura erromantiko baten erdian, eta ez zuen ulertu Amaiaren eta Arantxaren bat-bateko zurruntasuna–. Hildako bat ikusi duzuela ematen du. Zer gertatzen da?

Irenek isiltzeko keinua egin zion. Hura ere konturatuta zegoen ordurako.

–Zer? –jarraitu zuen Mirarik–. Baina zer demontre duzue?

–Goazen, Amaia –eskatu zuen Irenek. Arantxak ere baietz zioen buruarekin.

–Bai.

–Zer gertatzen da, ordea? –segitzen zuen Mirarik.

Alaznek esku batekin estali zuen aurpegia, barnean irekitako urradurari eutsi nahian. Gero, eskua begi aurrean jarri eta begira geratu zitzaion, berea izango ez balitz bezala; bertan ikusteak harritu egingo balu bezala. Autoko leihoa ireki zuen, zerbait egiteagatik. Zerua zeharo oskarbi zegoen eta ehunka izar txiki ari zitzaizkien keinuka. Alaznek denak akabatu nahi izan zituen.

–Hori, Mirari –azaldu zion ahots-negar batean–, hori putetxea dun.

SANTA FAMILIA

Gizonak neska bat zeraman gerritik helduta. Pixka bat edanda zirudien. Hala ere, gazteen parera iristean, ezagunak-edo egin zitzaizkion eta arreta apur batez aztertu zituen.

–Joño! –jaurti zuen. Serio jarri zen itsumustuan eta neskari jaregin zion une batez–. Imanol?

–Ka... kaixo, osaba –Imanolek ezin zuen gorputza geldi mantendu. Hanka baten zein bestearen gainean jarri zen txandaka; eskuak poltsikotik atera eta sartu; orain gora begiratu, orain behera–. Zer... zer moduz?

–Bueno –sudur-ahots oso markatua zuen gizonak. Imanoli, osaba Antxon ikusten zuen bakoitzean, gorila bat zetorkion gogora, horren zergatia oso garbi ez zeukan arren. Haren aurpegi zabal eta gorputz handiarengatik ere izango zen, beharbada–. Hementxe. Eta hi?

–Bai. Ni ere bai –erantzun zion Imanolek. Kokospekoa ukitu zuen, erdi laztan moduko batean, urduritasunak jota. Izerditan zegoela konturatu zen.

–Gabon, Antxon –agurtu zuen Alexek, Imanolen ondoan jarriz. Imanolen osabaren alboko neska aztertu zuen, ia lotsagabeki, eta berriro zuzendu zitzaion hari–: On egin, e?

–Bai, gazte –ihardetsi zion Antxonek. Estu zegoen, nabaria zen.

–Hi, Imanol, gu harantz goazak e! –jakinarazi zion Alexek. Txoko bat seinalatu zion.

–A. Bale.

Aurrez aurre gelditu ziren berriro Imanol eta osaba, zer esan ez zekitela eta handik airoso nola irten ezin asmaturik.

–Begira, Imanol, hire izeba... eta ni... –hasi zen gizona.

Baina isildu egin zen eta sudurra zimurtu zuen. "Gorila batek egingo lukeen moduan?", pentsatu zuen gazteak. Ez zekien. Baina bat-bateko lasaidura hautemaan zion osabari derrepentean. Imanolek nahiko ondo ezagutzen zuen osaba Antxon. Zerbait erabaki zuela esan nahi zuen horrek. Zerbait garrantzitsua. Baten batentzat, behintzat.

–Imanol.

–Bai?

–Ez gara umeak, ezta?

–Ez, osaba.

–Eta lagunak gara... familiakoak izan arren, ezta?

–Bai, osaba.

–Zergatik lotsatu behar dugu, orduan?

Barre urduria egin zuen Imanolek.

–Ez dakit.

–Gure artean sobran zaudek azalpenak.

–Bai, osaba –beste behin laztandu zuen kokospekoa.

–Kitto beraz. Hara, segiok, motel –irribarre bihurria egin zion, edo egin nahi izan zion. Ilobari ipurdian emanez, barrurantz bultzatu zuen–. Segiok.

Gaztea bazihoan. Baina berriro entzun zuen osabaren sudur-ahotsa.

–Imanol! –buelta eman zuen gazteak. Osaba poltsikoak arakatzen ari zen–. Tori. Har ezak.

Toles-toles egindako papera zen. Poliki zabaldu zuen osabak. Ez zeukan dardararik eskuetan. Mila durokoa azaldu zen tolesduren azpian. Imanoli luzatu zion.

–Osaba, faborez... –hasi zen Imanol, buruarekin ezetz adieraziz.

–Tontakeriarik ez gero, e! Helduiok, Imanol –Imanolek, zalantzati, ezetz. Baina billeteari begira–. Heltzeko, ba!

–Ez, osaba. Ezin dut...

–Zer ezin duala! Hi ez haiz ergela eta biok zakiagu nola mugitzen den mundua. To!

Hartu egin zuen azkenean.

–Jo. Eskerrik asko, osaba.

–Ea, segi, segi –presatu zuen gizonak.

Gero aterantz jo zuen, eta berriro besarkatu zuen gerritik aldamenean zain zuen neska. Gorila baten moduan edo, pentsatu zuen Imanolek, hari begira; gorila herratu eta nahasi baten moduan.

–Santa familia –murmurikatu zion osaba Antxonek neskari, urruntzean, eta musu bat emanez.

–Claro –onartu zion neskak, gizona gehiago estutzen zuen bitartean–. Claro.

NEGARRALDIA

Alaznek isil-isilik egin zuen bueltako bidaia osoa. Bekain ilunek haren aurpegiaren zuritasuna azpimarratzen zuten, elur ozeano batean galdutako bi beleren antzera. Zurbiltasuna ohikoa baino nabarmenagoa zen. Zuriagoa baino areago, itzaliagoa. Ilberri bakan baten modura.

–Parkera joango gara –proposatu zuen Arantxak. Leku baketsuagoa izango zen hura, iritzi zion, eta Alaznek hori beharko zuen, ziur asko, tabernetako iskanbila bainoago.

Amaia, ahizparen lagunen alde nahikoa eginda, bere koadrilakoen bila joan zen. Gainerakoak parkeko banku ilunenera joan ziren: platano-zuhaitz pare bat zegoen albo banatan, eta haren aurreko farolak ez zuen argirik egiten. Parke ondoan zegoen iturriaren zurrumurruak hartzen zuen lekua, ura hizketaldi enigmatikoan jardungo balitz bezala. Haren gainetik, lantzean behin, urruneko jende-oihuak.

Alazne bankuaren erdian eseri zen, eta Mirari eta Irene haren aldamenetan. Arantxa, berriz, Alazneren aurrean jesarri zen, lurrean.

–Ez ninan usteko… –agertu zuen Alaznek–. Ez zekinat zergatik egin didan hainbeste min. Ez ninan sekula pentsatuko… –zintzilik utzi zuen esaldia.

–Ez eman buelta gehiegirik. Ume puta batzuk ditun oraindik, Alazne –esan zion Arantxak–. Imanol heldugabea dun eta ez hau merezi. Ahaztu ezan. Ahaztu eta kitto.

–Bai. Ahaztu –automata baten moduan hitz egin zuen Alaznek.

–Benetan –animatu zuen Irenek–. Ez din merezi bueltaka aritzea. Gainera, mutil mordo bat ezagutuko dun. Ba al dakin zenbat dauzkanan atzetik? Nik baino gehiago, agian –irribarre txikia atera zitzaion Alazneri, baina serio jarri zen berehala–. Imanol segituan joango zain burutik. Entzun?

–Bai. Segituan –androide artifizial gisan esan zuen berriro.

–Alazne! Erreakzionatuko al dun behingoz? –jaurti zion Irenek, samur baina tinko.

–Bale, bale.

Alaznek begiak itxi zituen. Arnasa hartu zuen, ozenki. Barnetik zetorkion negar-zotina irentsi zuen. Arnasa hartu zuen berriro. Begiak ireki zituen.

–Hobeto al hago? –galdetu zion Mirarik. Beso bat pasa zion bizkarretik.

–Etxera noan –azaldu zuen Alaznek, jaikitzen hasiz–. Bestela negarrez hasiko naun berriz.

–Ez –erabaki zuen Arantxak. Eserita jarraitzeko adierazi zion.

–Zer ez?

–Hi ez hoa etxera –batera eta bestera mugitzen zuen burua–. Ez horrela. Eta negar egin nahi badun, egin ezan orain, gurekin hagoela.

Haize bolada labur bat atera zuen. Orbel eskasaren kraska hotsa entzun zen, kexu nekagarri baten modura.

–Egia esan, hainbestekoa al da? –galdetu zuen Alaznek, gehiago bere baitarako besteentzat baino, eta berriro eseriz–. Berez gauza naturala izan beharko liken.

–Putetxera joatea? –galdetu zuen Mirarik.

–Sexua. Ez al luke zerbait naturala izan behar? –ez zioten erantzun: ez zekiten zenbaterainoko urradura zeukan barruan; zenbaterainoko zauria utzi zion kontu guztiak–. Baina min handia egin zidan.

Arantxa jaiki egin zen. Bere eskuetan hartu zuen Alazneren aurpegia. Zuzen-zuzenean geratu zitzaion begira.

–Alazne.

Eskaera mutua egin zion.

–Ez zekinat –esan zuen Alaznek, azkenean–. Ez zekinat ahaztu ahal izango ote dudan.

Malko batek Alazneren masaila busti zuen. Ez zegoen oso seguru minarena zen, edo haserrearena.

–Putetxearena? –galdetu zuen Mirarik.

–Imanol.

TXOKOAN

Alkandorako mahukarekin lehortu zuen Imanolek kopetako izerdia. Besteengana joan zenean, begirada lurretik ozta-ozta jasoz, bera bezain urduri aurkitu zuen Julen. Barraren izkinan zegoen, aurkitu zuen txoko ezkutuenean, beldurturiko txoritxo baten antzera. Alex ez. Alex batera eta bestera begira zegoen.

Ikusten.

Ikasten.

–Ostia, hi –hasi zitzaion Julen Imanoli. Buruak atzera eta aurrera egiten zion lepo luzearen gainean. Oso kezkatuta zegoela ematen zuen–. Behin etorriko, eta hire osaba horrekin egin behar topo. Bihar herri osoak jakingo dik!

–Hara bestea! –entzun zen Alexen ahotsa. Begira-begira geratu zitzaizkion lagunak–. Eta zer? Gainera ez diat uste. Ez zaitezte zozoak izan. Antxon ezkonduta zagok, ezta?

Galdera erretorikoa zen.

–Ba kitto –arrazoitu zuen Alexek–. Hire osaba ez duk baboa. "Ba al dakizu, kutuna?" –Imanolen osabaren sudur-ahotsa antzeratu zuen–. "Atzo, Imanol eta haren lagunak aurkitu nituen. Non eta putetxean".

Hirurek egin zuten barre. Absurdoa iruditu zitzaien. Horrela esanda bai behintzat.

–Orduan ez du ezer esango, ezta? Honen gainean esan nahi diat –galdetu zuen hala ere Julenek. Ez zegoen batere trankil.

–Espero dezagun –esan zuen Imanolek. Eta kokospekoa laztanduz–: Mila duro eman zizkidak gainera.

–Ez adarrik jo!

–Begira –billetea erakutsi zien.

–Aibalaostia, hi! –bota zuen Alexek, eta eskutik kendu zion dirua, mugimendu azkar batez–. Konpartitu egingo duk, ezta?

–Ba…

Besterik esateko astirik eman gabe, han abiatu zen Alex norabait. Dirua eskuetan zuela.

–Baina…

–Itxoin! Oraintxe nauk.

Imanol eta Julen ez ziren batere eroso sentitzen. Nora demontre zihoan Alex? Ez zekiten zer egin. Ez zekiten zer egin behar zuten. Eta ez zitzaien inor hurbiltzen.

–Hau ridikuloa duk. Ni autora noak –hasi zen Julen–. Haritzi bisita egingo zioat.

–Egon hadi pixka bat. Bronto, joder –eskatu zion Imanolek, konbentzitu nahian. Zirraraz gain, Alexek eramandako bere dirua ere gogoan baitzuen. Non demontre zebilen hura?

–Eta zer egin behar dugu? Hementxe egon? –tematu zen Julen.

–Eska ezak edateko zerbait –galdegin zion Imanolek–. Dirurik gelditzen al zaigu kaxan?

Poltsikoak arakatu zituen Julenek.

–Bueno. Zeozer. Baina txanpona sartu beharko diagu berriro. Bostehun pela?

–Nahikoa izango al dugu? –esan zion Imanolek mesfidantzaz.

–Auskalo. Espero. Zer, pare bat birra? –proposatu zuen Julenek.

–Nahi duana –argitu zion Imanolek.

Dirua iritsi zitzaien. Garagardo bana hartu eta edaten hasi ziren. Ez zuten aldi batean hitzik egin. Edalontziei begira egin zituzten zenbait minutu.

Noizean behin, begirada lurretik altxatzen zuten.

Ezer ikusi aurretik jaisten zuten berriro.

Jendea entzuten zuten: batzuk hara, besteak hona; barrez edo erdi oihuka; harroputzak edo isilkorrak. Baina hura guztia beraiekin ez balihoa bezala hartu zuten. Film bat ikusten ariko balira bezala.

Halako batean putetxeko atea zarata dezentez zabaldu zen. Adin zehaztezineko gizon bat barruratu zen, ilehoria eta zikina. Bere onenak emandako jeansak zeramatzan, eta museo batean egotea merezi zuten zapatila fosforeszente ikusgarriak. Haren irribarreak harrian zizelkatua zirudien, eta babo ukitu dezentea ematen zion. "Erabateko txorimaloa", pentsatu zuen Imanolek, zeharka begiratuz. Ukalondoz eman zion Juleni, tipo hura begiz jotzeko.

–Nondik irten dik horrek? –komentatu zuen Imanolek, barrezka–. Ez nikek horrela bukatu nahi!

Txorimaloa beraiek zeuden barraren beste muturrera joan zen. Tarte laburra egin zuen zain: emakume bat hurbildu zitzaion. Bizpahiru hitz trukatu zituzten. Emakumea haren alboan eseri zen.

Zerbait ez zebilen ondo. Zerbaitek ez zuen funtzionatzen.

–Putak ere ez zaizkiguk hurbiltzen, sandios! –jaurti zuen Imanolek.

Biak serio-serio jarri ziren segundo batez. Gero, haien begiek topo egin zuten. Barrez lehertu ziren. Beldurrak jotakoen barrea zen.

–Bekokian idatzita zeramaagu: "Hauekin ez zagok ezer". Horregatik ez dituk etortzen –hausnartu zuen Julenek. Burua saurio erraldoia balitz bezala mugitu zuen, atzera eta aurrera.

–Ez al gaituk, ba, ehizaki errazena beraientzat? Samurrena? –irribarretsu zioen Imanolek, eta era berean serio, Jano jainkoaren irudi berraragiztatua balitz bezala.

–Ezta hori ere, dirudienez. Hutsaren hurrena. Kaka puta bat.

–Ez ote dik inork gutaz aprobetxatu nahi? Nik behintzat oso merke salduko nikek neure burua –otoitzean ariko balitz bezala jaso zituen eskuak eta sabairantz begiratu. Kokospekoa laztantzen amaitu zuen–. Musutruk, beharrezkoa balitz. Merkealdian nago!

–Ba ezta horrela ere –Julen barrezka hasi zen.

–Ei, alprojak! –Alexen ahotsa zen–. Lizardi! Rimbaud etorri duk.. –jarraitu zuen, kantatzen–. Beitu zer dakardan!

Jiratu zirenean zur eta lur geratu ziren.

ZERGATIK?

Etxera iritsi eta zuzenean joan zen ohera Alazne. Orri bat hartu zuen. Zerbait zirriborratu nahian ibili zen, ea horrela barnean lasaitzea lortzen zuen.

Non zen poemen mundua? Zergatik sinetsarazten zitzaien haurrei printze urdinen mundua bazegoela? Zergatik esan nahi zuen heltzeak angustiarekin topo egitea, samina ezagutzea? Zergatik zen dena horren nahasia? Zergatik?

Ez zen ba burua galtzear zeukan lehendabiziko aldia! Zenbat mutilekin ibilia zen ordurako? Baziren batzuk. Mutilzale ospea ere bazeukan herrian, eta bazekien. Irrikak jotzen zuenean ia edozer gauza egiteko gai zen. Noizean behin horretaz aprobetxatu izan zen. Baina nolanahi ere ez zen Irene bezalakoa; ez zuen bere burua femme fataletzat. Irenek bilduma egiten ariko balitz bezala hartzen zituen mutilak: batekin ibiltzean hurrengoarekin pentsatzen ari zen askotan. Alazneren kasuan, berak onartuko lukeen bezala, behar moduko bat zen, bilduma egitekoa baino areago. Besarkatuko zuten besoak behar zituen. Maite zuten segurtasun iheskorrean murgildu beharra zuen.

Alaznek ilunabarrak eta egunsentiak behar zituen; bakarrik sentitzen zenerako ametsa. Zauriak gazitzea bezalakoa zen, ordea.

Ispilu hautsiez osatutako arima zeukala sinetsita zegoen. Ez zuen zetazko maindirerik nahi! Gutxi behar zuen zoriontsu izateko. Oso gutxi. Baina gutxi horren azpitik galduta sentitzen zen.

Bahitutako bihotza nahi zuen! Hain zaila zen?

Mantarekin estali, argia itzali eta negarrez jarraitu zuen. Alboan, zimurtutako orri batean, hitz solteak. Amaitu gabeko su-poema baten errauts hotza.

Eta bakardadea.

MESALINA

Alex emakume batekin zetorren!

"Puta?", galdetu zion Julenen begiradak, aztoraturik, Imanolenari.

Imanolen bekainek gora egin zuten. Apur bat okertu zuen burua, "ziurrenik" esanez bezala. Berehala, ordea, esku-ahurrak erakutsi zizkion lagunari, brausta zerbait atzeman izan balu bezala eta argipen antzera. "Ziurrenik? Ziurrenik ez: seguru". Ez zeuden komentu batean, redios; eta zetorrena ez zen moja izango, preseski.

Soineko estua zeraman emakumeak, eta begirada harroa. Oso polita zen.

Hura zenbat eta gehiago hurbildu, orduan eta txikiagoak ziren beste biak. Jainkosa mitologikoen pareko presentzia zeukala iruditu zitzaien biei; edertasun paganoa eta sakrilegoa. Beraiek, ordea, sakrifizio saihestezin baten biktimak baizik ez ziren sentitzen.

–Mesalina, te presento a mis amigos: Imanol y Bronto –aurkeztu zituen Alexek–. Son majos, aunque no lo parezcan –barre egin zuen.

Kaoba koloreko ilea zeukan neskak, nahiko motza eta puntan jarrita. Bi lagunak aztertu zituen, mantso, denbora hartuz. Hurbilago egongo zen hogei urtetik hogeita hamarretik baino, baina emakume adinduagoaren rola hartu zuen. Argi zegoen ederki zekiela zertan ari zen.

–Mesalina? –kiboa atera zitzaion Imanoli izena errepikatzean.

–Mesalina –esan zuen neskak–. ¿No te gusta?

–Sí, sí. Está bien. Bien –farfuilatu zuen Imanolek.

–Sí. Es un nombre... histórico. A mí también me gusta –jarraitu zuen neskak. Ahots biziro baxua zeukan. Imanolen aurrean jarri zen. Kokospekotik heldu zion mutilari, eta astindu samur bat emanez jarraitu zuen–. Pero puedo ser quien tú quieras. Quien quieras.

Imanolen aurpegia erditzalean ezkutatzen zen, baina hala eta guztiz agerikoa izan zen bat-batean hartu zuen gorri bizia. Mesalinaren ukituak nerbio guztiak tentetu zizkion. Eta nerbioa ez zena ere bai.

–Zer, zer deritzozue? –esan zuen Alexek. Esku bat gerrian jarri zion Mesalinari. Pixkanaka jaitsiz joan zen, ipurdira iritsi zen arte. Han utzi zuen–. Ez zagok gaizki, e?

Besteek ezetz adierazi zuten burua mugituz.

–Bueno, ba, zuentzat ekarri diat hona –jakinarazi zuen Alexek. Besoak zabaldu zituen, zirkuko aurkezpen bat egiten ariko balitz bezala–. Dena zeuena.

Brontok eta Imanolek, ordea, geldi-geldi jarraitzen zuten; hilotzak balira bezala; hori bai, begiak irekiagoak zituzten.

–Ekin, ba! –oihukatu zien Alexek. Eta etsenpluarekin aldarrikatzea baino hoberik ez dagoelakoan, Mesalina berarengana hurbildu eta ipurdia igurzten hasi zitzaion–. Ez du inor jango! ¿A que no, Mesalina? ¿A que no te comes a nadie?

Musu bat eman zion emakumeak erantzun bakar gisa.

–Prezioaren barnean zagok, ostia –saiatu zen berriro Alex lagunak animatzen–. Imanol, dirua hirea zuan. Hik jakingo duk zer egiten duan. Edo zer ez duan egiten.

–Berdin duk, ni autora noak –oso urduri zirudien Imanolek. Dardarka ari zen, jelatutako kume baten antzera. Alex ferekatzen hasia zen titiaren antzera.

–Imanol... –saiatu zen Alex. Baina Imanol jaikita zegoen ordurako, eta alde egiten hasita. Julen atzetik abiatu zitzaion.

–Ni ere banoak –azaldu zion Julenek–. Hobe izango duk. Autoan egongo gaituk, Alex –alaiki jarraitu zuen–.

Ondo pasa ezak, kabroi horrek. Adiós, Mesalina. Tenemos que irnos.

–Adiós, pareja.

–Baina, baina… –Alexek etsipen hasperena egin zuen azkenean–. Ez zaituztet ulertzen. Benetan –bere baitarako ari zen, besteek ezin baitzioten jada entzun. Mesalinari zuzendu zitzaion–. Mis amigos son más raros que la leche.

–Qué le vamos a hacer –Mesalinak alboko txoko bakartura eraman zuen Alex. Esku bat jarri zuen mutilaren izterrean. Iztarte aldera hurbildu zuen, apurka. Alexek gauza bera egin zuen–. Y aquí, ¿qúe tenemos?

–¿Aquí? Sed de vida.

Mesalinak harriduraz aztertu zuen mutila. Haren begiradan galdu zen une batez.

Sed de vida –errepikatu zuen, poliki, hitzak neurtuz bezala–. Encima, poeta –barre karkara egin zuen, sakona baina isila; abegitsua–. ¿Sabes? Me caes bien. Te lo haré a mitad de precio. ¿Quieres subir?

Alexek, masaila laztandu, eta musu eman zion.

–Quiero subir.

(2002. URTEA)

Ez dugu mundua den bezala ikusten;
garen bezala ikusten dugu

Anaïs Nin

TELEFONO DEIA

Gau-tximeleta bat jirabiraka zebilen egongelako lanpararen inguruan. Haren itzal kitzikatua handiagotu eta txikiagotu egiten zen, bilakaera etengabean, oraintxe gela erdia hartuz, oraintxe erabat ezkutatuz. Gau-beldur baten modura. Alegiazko munstro bitxia balitz bezala.

Mirari eta Julen besaulkian zeuden botata, ikusten ari ez ziren telefilm merke bati begira. Senar-emazte on batzuk bezala. Mirarik belaunak besarkatzen zituen; aurreko mahai gainean zeuzkan Julenek hankak.

Telefono txirrinak ustekabean hartu zituen.

Harriturik, elkarri begiratu zioten. Gaueko hamaika eta erdiak pasata. Gauza onik ez.

Julen joan zen hartzera.

Hormaren beste aldetik entzuten zuen Mirarik gizonaren ahotsa. Gero eta ozenago ari zen. Kezkatuta zirudien. Emakumea sukaldera joan zen, baso bat ur hartzera. Egongelara itzultzean besaulkian eseri zen berriro, telebista piztuaren aurrean, baina hutsari begira bezala. Julen bueltatu zenean, berezkoa zuen lepoko mugimendu xelebrea egiten hasi zen. Brontosauro lepoluze baten antzera edo. Kezkatuta, ahoa esku batez estali zuen gizonak.

–Ezusteko ederra –agertu zion emakumeari.

–Zer, ba? –lehorki esan zuen Mirarik, burua jasoz eta ezaxola azaldu nahian.

Julenek disgustuz begiratu zion.

–Imanol zen.

–Imanol? –mototს batean jaso zuen ile soltea, pentsakor–. Zein Imanol?

–Bai, neska: Imanol. Koadrilakoa. Ile kizkurra eta kokospekoa zeukana.

Orduan oroitu zuen Mirarik.

–Joño. Imanol. Eta, zer du horrek orain?

Julenek berriro mugitu zuen burua lepo luzearen gainean. Aurpegia igurtzi zuen esku batez, bizkortzeko bezala edo. Tximeleta muturraren aurrean pasatu zitzaion, eta gizonaren arreta erakarri zuen une batez. Intsektua lanpararen argitasunera itzuli zen segituan. Julen atzetik joan zitzaion, pixka bat hipnotizaturik bezala, eta harrapatzen ahalegindu zen bizpahiru aldiz. Ez zuen lortu.

–Ba... –hasi zen, azkenean. Txundiduraren distira zeukan begietan. Beldurra ere izan zitekeen–. Bilera edo afari moduko bat. Orduko guztiak elkartzeko.

–Ordukoak?

–Bai. Neskak eta mutilak: Imanol, Haritz, Arantxa...

–Bai, bai. Badakit zein ginen ordukoak. Ez nuen hori galdetzen. Zer dela eta bilera hori?

–Ez dakit. Imanolek berak ere ez dit gehiegi azaldu nahi izan. Elkartzean izango omen dugu elkarren berri. Han hitz egingo omen dugu aspaldiko kontuez-eta. Hori esan du. Eta dezente dagoela esateko. Eta derrigorrean azaldu behar dugula.

–A, bai?

Mirari jaiki egin zen. Telebista itzali, elastiko zimurtua lisatu eta leihotik begiratu zuen. Zerua garbi zegoen, baina lainoak ikusi zituen urrunean; laino beltz eta mehatxatzaileak. Hurbiltzen ari zirela zirudien. Izu ikara batek zeharkatu zion bizkarrezurra. Ihes-hodia apurtuta zeukan auto baten zaratak iratzarri zuen begitazioen erresumatik. Soinu hura itzaltzean, ondokoen telebista garbiegi entzuten zela konturatu zen. Barrezka ari ziren.

–Non izango da? –galdetu zuen Mirarik.

–Astigarribian. Ermita batean.

–Astigarribia? Eta hori non dago?

–Debatik gertu, uste dut. Baina ez nago oso ziur. Begiratuko dut gero maparen batean.

–Eta ermita batean? Jesus. Bitxia bada, behintzat.

Julen gelan bueltaka hasi zen.

–Ez da ba Imanolen adar jotzea izango? –Julenek berak erantzun zion bere buruari–. Baina… ez. Zertarako egin behar zuen, ba? –beste buelta bat eman zion gelari.

Mirari leiho aurrera itzuli zen. Pertsianak jaitsi zituen.

–Bilera bat... –errepikatu zuen emakumeak, ia bere kolkorako–. Hamalau... Hamabost urte izango dira ordutik. Ez genuen gehiago elkar ikusi. Denbora luzea da –eskuak gerrian jarri eta gizonari begira jarri zen–. Eta zergatik orain?

Julenek eskuak elkartu zituen, otoitzean ariko balitz bezala.

–Ematen duen baino askoz gauza sinpleagoa izango da. Nostalgiak joko zuen norbait, besterik gabe –listua irentsi zuen beste behin, esaten zuena gehiegi sinetsi gabe–. Ederra izango da.

–Ederra... –errepikatu zuen gogoetatsu Mirarik–. Gauza asko aldatu dira. Gu aldatu gara.

Une batez biak mututu ziren.

Besoak gurutzatu zituen gizonak. "Hamabost urte", pentsatu zuen. Bere irudia aztertu zuen leihoko kristalak eskaintzen zion isla zehaztugabean. Hamabost urte. Lehen bezain argal jarraitzen zuen oraindik. Txiki eta lepo-luze. Brontosauro baten antzera, gogoratu zuen malenkoniaz. Horri zegokienez behinik behin antzera jarraitzen zuen. Baina buruko soilguneen aurrerakada goiztiarregiak ez zuen gauza bera aldarrikatzen: gaztea bai, baina gero eta gutxiago. Mirarik, aldiz –Julenek zinez ederretsi zuen–, Mirarik orduko haur aurpegi bera zeukan oraindik. Orduko hippy txikiaren planta bera. Orduko ile luze eta uhindu bera. Ez kolorea, ordea. Ezta izaera ere.

Orain beltzez tindaturik zuen.

Ilea.

Eta izaera.

–Ez dakit gogo handirik dudan –erabaki zuen emakumeak.

–Afari bat baizik ez da izango, Mirari. Eta ez zaitez hasi. Joan egin beharko genuke.

–Behar? Gutxienez aspertu egingo gara, ikusiko duzu. Eta ez da batere erosoa izango.

–Ba, ez dut uste ni aspertuko naizenik. Baina horrela jartzen zarenean… –Marariren mutur beltza antzeman zuen Julenek–. Nigatik egin ezazu, behintzat. Uste dut joan egin nahi dudala.

–Beti amaitzen dut gauzak zugatik egiten –begirada hotzez esan zion emakumeak.

–Ez gaitezen hasi, Mirari. Ez gaitezen hasi.

Emakumea besaulkian eseri zen berriro, aspertu antzean. Besoak zabaldu eta gora begira gelditu zen. Hasperen egin zuen.

–Zergatik begiratzen didazu horrela? –emakumearen tonua garratza zen.

–Nola begiratzen dizut?

Mirarik seinalatu egin zuen.

–Ba, horrela. Orain bezala.

–Ez naiz inola begiratzen ari, Mirari.

Lagunen aipamenak uste baino gehiago nahastu zizkion barneak Mirariri, igartzerik nahi ez zuen arren.

–Aspertuta nago begirada horrekin.

–Esan dizut ez dizudala inola ere begiratzen. Ez inolako era ezberdinean, behintzat.

–Zure kontuak izango dira, ezta?

–Nire kontuak... –gogorik gabeko irribarrea egin zuen Julenek–. Ez dakit. Ez dakit zer esan nahi duzun.

–Noski –emakumea jaiki, eta gelatik irten zen. Bizitasunez eta muturturik. Julenek logelara sartzen entzun zuen. Zerbait hartzen ari zen.

–Zertan ari zara, Mirari? –galdetu zion Julenek. Zurrunbilo basatia balitz bezala ikusi zuen irteten Mirari. Jaka zeraman jantzita. Begiak, orratzak bezain zorrotzak.

–Eta hori? –harritu zen Julen.

–Kalera noa.

–Kalera? Orain? Gaueko hamabiak dira ia!

Mirarik ez zion erantzun.

–Mirari... –lasai esaten ahalegindu zen Julen.

–Tabakoa behar dut! –agertu zion neskak, azalpen bakar gisa.

–Tabakoa? Baina zuk...

Kaleko ate-kolpeak eten zituen bere hitzak.

Haren atzetik irtetear egon zen. Baina pentsatu zuen hobe zuela geldirik egon. Barealdia itzuli bitartean, behintzat. Edozein modutan, arras kezkatuta joan zen logelara. Mirarik gorroto baitzion tabakoari.

Betidanik.

Egongelan, gau-tximeletak bere dantza eroarekin jarraitu zuen.

LO EGIN NAHI DUT

Egunak joan ziren, egunak etorri. Bizitza –nahigabez onartu zuen Julenek, ohean loak ezin hartuz–, bizitza tren zahar bateko azken bagoi bihurtu zitzaion, eta, orain bazekien, atzeneko aukera hura ere galtzear zegoen. Aski ahiturik zeuzkan eternitateak. Barneak tenk egiten zion, eta haustear sentitzen zuen.

Misterioen amaierak errutinaren madarikazioa zekarren. Maitaleen atsekaberako. Hain ezagunak egiten zitzaizkien garai batean enigma paregabeak zirenak; hain aurresangarriak askotan. Zenbat aldiz ez ote zituen laztandu Julenek Mirariren bular haiek. Zenbat aldiz ez ote zuen ferekatu Mirarik Julen. Zenbat aldiz ez ote zen miretsirik geratu Julen, Mirarik begiak ixten zitueneko unea dastatzen, haren gorputzaren dardarapean. Eta alderantziz.

Denbora ihesi zihoala pentsatzeak ez zekarren ezer berririk. Topiko erabilienetakoa zen, azken finean. Baina hori bezalako egia gutxi. Denbora, erabaki zuen Julenek, oroitzapen hodeitsuen artean geratzen den hutsunea da.

Buelta hartu zuen gizonak ohean. Beranduegi zen gauza onerako. Beranduegi zen eta goizean goiz jaiki behar zuten. Mirariri begira geratu zen; Mirariren bizkarrari, ipurdia ematen baitzion hark. Hatza luzatu zuen, emakumearen sorbalda ia ukitzeraino. Azken unean, ordea, beregana ekarri zuen berriro. Zerbait apurtzeko beldur izan zen. Xaboi-burbuila hauskorra izango balitz bezala.

Kaleko autoen argiak erdizka itxitako pertsianaren zirrikituetatik sartzen ziren, eta itzal antzerkia osatzen zuten logelako sabaian. Julen gora begira jarri, eta haiei so geratu zen. Geriza festa. Kate ikusezinak sumatu zituen haragia urratzen. Platonen leizeko biztanle sentitu zen. Biztanle bakarregia. Eta bere baitarekiko arrotz.

–Mirari –xuxurlatu zuen. Julen agondu egin zen apur bat, eta belarrira hurreratu zitzaion emakumeari–. Mirari.

Mirari lo zegoen. Zerbait entzun zuen, ordea, ametsen artetik, eta mugimendu txiki bat egin zuen. Nagiak ateratzen dituen katakumearen antzera.

–Mirari.

–Mmm?

–Mirari, lo al zaude?

Mirarik begi bat zabaldu zuen. Bestea, gero.

–Zer?

–Lo al zaude?

Emakumeak etsipen keinu bat egin zuen non zegoen konturatu zenean. Ametsen lurraldetik landa.

–Nola ba zurekin? –Julenengana itzuli zuen burua. Ile nahasiak aurpegi erdia estaltzen zion, huntzak hartu duen etxe zaharraren modura. Julenek ileak aurpegitik kendu eta esku batez orraztu zizkion, samurtasunez.

–Urduri al zaude? –galdetu zion Mirarik. Azkar antzeman zuen zer zuen Julenek–. Afari bat baizik ez da izango. Zuk zeuk esan zenuen.

–Afari bat bakarrik. Badakit –motor hots indartsuegi batek bortizki zauritu zuen gauaren isiltasuna. Munduan bera beste inor ez zegoela uste zuen ume mokordoren bat, akaso. Izpi batek Mirariren aurpegi erdia jo zuen, argi-zipriztinez betez. Ipurtargi gorri dantzariak balira bezala–. Nola egongo ote dira besteak?

Julenek lotsa puntua zeukan barnean. Bi egun falta ziren afarirako. Bi egun zeuzkan aurretik; hamabost urte atzetik. Simetria hautsia. Simetria hautsia eta ikara galanta, horren zergatia oso garbi ez bazuen ere. Zerbait izugarria gerta zitekeen bihozkada zeukan. Zer, ordea?

Hamaikagarren buelta eman zuen ohean. Pixka bat gehiago saiatu izan balitz, askoz emaitza hobeak lor zitzakeelako sentsazioak itotzen zuela konturatu zen. Emaitza hobeak bizitzan. Injinerutza ikasi zuen. Eta injinerua zen. Baina ez zegoen harro, preseski. Sekula ez zuen jakin zer nahi zuen zehazki. Aurrera, inertziaren gris hutsez egin zuelako sentipenak eraso zion, basamortuko sirokoaren modura, bortitz eta itsugarri. Inertzia hutsez, norako bat hautatu behar zuelako, eta norakorik ikusten ez zuelako. Poesiaren lore urdinak zaldarrekin batera galdu zituen. Orain, egun batean, eta hurrengoan, lantegi madarikatu bateko jabe madarikatu baten beroaldiak jasan behar. Eta bizitzaren balizko poesia, trasteleku ilunean baztertua.

Nola azalduko zien besteei? Ez, ez zegoen harro. Mirari bera ere, pentsatu zuen Julenek, Mirari ere ez zegoen askoz hobeto. Soziologia ikasi eta katalogo bidezko salmenta-enpresa batean zebilen, zer egiten zuen oso ondo jakin gabe. Eta askotan, noiz kobratuko zain ibili behar gainera. Nola ote zeuden besteak? Ez zuen merezi alferrikako asmakeriekin hastea, bazekien. Haatik, zenbatek gauzatu ote zituzten beren ametsak?

Nola azalduko zien?

–Julen, orain lo egiteko ordua da. Utz ezazu hori biharko.

–Bai.

Mirarik berriro hartu zuen lotarako jarrera. Julenek sabaiari begira jarraitu zuen. Ezkontza etorri zitzaion gogora. Mirariren eta bere arteko ezkontza. Hartan sartzea, orduan, lasaigarri indartsuena hartzea bezalakoa izan zen berarentzat. Bere morfina partikularra. Egin behar zuena egiten zuelako konfiantzak prozac guztiak baino botere handiagoa zeukan. Haren buelta, ordea –bizitzaren ordaina–, malkartsua izan zen. Hamaika amiltzeren zergatiak... Auskalo zein ziren lohi haien guztien zergatiak. Dirua? Besteek, hala ere, beraiek adina zuten. Beraiek bezain gutxi.

Bien maitasunak eratutako eta lasai galtzeko moduko etxetzar hura –bizikidetasunaren egunerokotasunak higatu aurretiko gune haiek!– korridore ezin estuagoko labirinto bihurtu zitzaien konturatu ere gabe. Elkarrekin bizitzea eta maitasuna ez zetozen bat. Ez beraientzat, bederen. Berandu jabetu ziren.

Baina zer egin zitekeen bikotea gehiegizkoa zenean, eta banakoa mingarriegia?

Mirariren gorputzaren mira egin zitzaion atoan. Mirariren azal sotilarena.

Emakumea inguratu zuen beso batez eta beregana ekarri. Gerritik heldu zion, lepoa musukatu eta haren ipurdiari itsatsi zen, muskuilua arrokari bezala. Presoa itxaropenari bezala.

–Mirari.

–Ai, Julen –kexatu zen emakumea. Gizonaren besoak gainetik kendu zituen.

–Mirari.

–Ez zaitez astuna izan, faborez –Julenek musu eman zion lepo atzean. Mirarik atzera bota zuen gizona, esku batez–. Nekatuta nago eta ez daukat gogorik.

–Lehen beti zeneukan –erregutu zion gizonak.

–Lehen... Lehen ezberdina zen. Gazteak ginen. Ai, Julen! Mesedez, utzidazu lo egiten. Behingoz.

–Ez duzu nahi.

–Lo egin nahi dut.

–Gazteak gara oraindik.

–Julen.

–Bale –amore eman zuen.

Lehen ezberdina zen. Horixe zela ezberdina. Ez zuen guztiz garbi zioa, zergatia. Sendagilearekin hasi zela gogoratu zuen bat-batean. Ahaztuta zeukan, kasik, kontu hura. Ahanztura aktiboak birrindu egiten omen ditu oroitzapen galgarrienak. Bere kasuan behintzat egia zen. Batzuetan, behinik behin.

Sendagilea. Mediku-hizkeran hasi zenean ez zioten lehendabizikoan ulertu. Dena errepikatzeko eskatu ziotenean, era argian errepikatzeko, era ulergarriagoan, orduan bai, hobeto atzeman ahal izan zuten.

–Oso zaila izango duzu haurdun geratzea –azaldu zion sendagileak Mirariri–. Zaila bezain arriskutsua. Zuretzat eta umearentzat.

–Ez du axola –esan zion orduan Julenek Mirariri–. Ez du axola. Seme-alabak, gainera, egundoko zama izan daitezke. Ez dugu izango.

–Ez dugu izango.

–Eta nahi izanez gero, adoptatzea ere badaukagu.

Baina Julen seguru zegoen Mirari errudun antzera sentitzen zela. Eta biek ordaindu beharko zutela penitentziaren zigorra.

Eta ari zirela ordaintzen.

Katu baten marru basatiak hautsi zion burutapenen haria. Agian jolasean ibiliko ziren auzoko umeak. Agian animalia larrutzen ariko ziren, botatzen zituen marraskengatik. Ez zen lehenengo aldia izango.

Aingerutxoak.

Julen bere baitara bildu zen beste behin. Afariaren kontuak uste baino gehiago eragiten zion, antza. Astigarribiako ermita. Hara joan behar zuten. Astigarribia. Zer galdu zitzaien han?

Hainbat jira eta buelta eman ostean, alferrikakoa iritzi zion lo egiteari. Ez zuen hartuko. Mirarik bai. Haren arnasa lasaiak, jada Orfeoren erresuman murgilduta zegoela erakusten zuen. Gertutik aztertu zuen emakumea Julenek. Ile-xerlo batek ia guztiz estaltzen zizkion begiak. Ile-xerlo hark beste garai haietako oroitzapenak askatu zizkion barnean Juleni. Ile-xerlo hura orduko berbera zen esatekoz. Ez beraiek, zoritxarrez. Mirari eta bera ez ziren, ez, orduko berak. Ordukoek, orduko Mirarik eta Julenek, ez zekiten ia ezer. Baina ez zuten beldurrik.

Ez egungokoek adina bederen.

(1987. URTEA)

(Putitourra egin eta egun batzuetara)

Denek nahi dute ikasi, baina inor ez dago prezioa ordaintzeko prest!

Juvenal

LAINOAK ZENBATZEN

Alexek porroa pasatu zion Imanoli. Azken honen eskolaren ondoko zelaian zeuden etzanda, biak bakarrik, lainoak zenbatzen. Lainoak alegiazko albumetan sailkatzen.

Ametsetan.

Lainoak elkarren gainean pilatzen ziren, une batean, hurrengoan mila puska egiteko, haur bihurri eta zentzakaitzak balira bezala.

–Egia esan, nik kristoren pena hartuko diat –esan zuen Imanolek. Kokospekoa laztandu zuen.

–Institutua bukatzen dualako?

Imanolek irribarre egin zuen. Zupada bat eman zion porroari.

–Ez, institutuagatik ez: jendea, giroa. Orain banatu egingo gaituk, badakik: ikasketak, karrera eta hori guztia. Denok sakabanatuko gaituk.

Alex esertzeraino agondu zen. Imanoli begira geratu zitzaion.

–Hi, Imanol, garbiago hitz egingo al duk? Hiri zer pasatzen zaik?

–Zer, ba?

–Sakabanatu eta ostiak. Txorradarik ez. Zer duk?

Imanol porroari begira gelditu zen. Lainoak eratzen zituen haren keak ere. Esku-astinaldi batez desegin zituen.

–Sekula ez diat beste inolako neskarekin hainbesteko konfiantza izan –bota zuen, azkenean.

–Zer? –harritu zen Alex–. Zer esan duk?

–Alazne.

–Alazne? Ja. Hire gelan dabilen panpina itxurako hori?

–Bai.

–Hori huen pena?

–Berezia duk. Edozertaz hitz egin zezakeagu.

–Hitz egin.

–Hitz egin –errepikatu zuen Imanolek etsipen kutsu batez. Porroa itzuli zion Alexi–. Uste diat nirekin gustura egoten dela. Benetan egoten dela gustura. Gertatzen dena da ez dakidala zerbait berezia sentitzen ote duen.

–Hiregatik.

–Niregatik, bai. Lagunak izatea gauza ederra duk, baina...

–Hik zerbait gehixeago behar duk.

–Pfff. Ez diat inoiz bere mailako beste inor ezagutu.

–Joder. Hara bestea! So, motel, sooo! Nora hoa? Inoiz entzungo huen maitasuna eta itsutasuna parean dabiltzala, ezta? –barre egin zuen–. Bere mailako inor?

–Uste diat burua galtzen ari naizela.

–Nik ere banian susmo hori –porroa pasatu zion.

–Ez diat ezer ulertzen –murmurikatu zuen Imanolek. Alexek barre-karkara egin zuen.

–Amodioaren gaixotasunak jotakoari, dena nahasi!

Alexek berriro egin zuen barre, eta lurrean etzan zen beste behin. Bihotz tankerako laino bakarti bat ikusi zuen zerua zeharkatzen. Lainoa bitan banatu zen.

–Ikusten al duk? –esan zion Imanoli, hura seinalatuz–. Zeruak ere barre egiten dik hire kontura.

–Ez zaidak inporta.

–Uf. Begira. Nik bazekiat zer duan hik. Hik behar duana sexu saio on bat duk –bota zion–. Horrek akaso begiak irekiko lizkiake. Ba al dakik zer egingo dugun? Aurkeztuko diat ezagutzen dudan...

–Irekita zauzkaat, Alex. Oso irekita zauzkaat begiak –moztu zion besteak, zorrozki.

–Benetan esaten diat.

–Nik ere bai.

–Hik jakingo duk.

–Ez al zaik, ba, ondo iruditzen? Edo zer? –eztula egin zuen Imanolek zupada ematean. Eztarria ez zeukan bere onenean.

Alexek hartu zuen porroa.

–Esan diat: heuk ikusi. Badakik zer dagoen eta zer jartzen duan jokoan. Gehiago eskatzen badiok, hori ere galtzeko arriskua daukak... Edo falta zaiana irabazteko.

–Zoratu egingo nauk.

–Dramatikoegia haiz, Imanol. Hori ez duk ona. Ea, ba: zenbat aldiz ibili haiz neska batekin? Zenbat aldiz irten haiz batekin? Irten bakarrik.

–Bueno...

–Zenbat, Imanol? –ez zen erantzunaren zain egon; ondo zekien–: Sekula ez. Horrek kezkatzen naik. Perspektiba galtzea oso erraza delako lehendabizikoan –irribarre egin zuen–. Baita lehendabiziko hamarretan ere. Erraza bezain arriskutsua. Eta Alaznek badik esperientzia pixka bat. Hark ez dik arazo handiegirik izango mutil bat uzteko eta beste batekin hasteko. Hi ez hago ohituta, eta, gutxi balitz bezala, tontotuta hago. Jolaserako erabiliko hau. Eta min hartuko duk.

–Hik zer dakik? Akaso ondo irtengo dik.

–Akaso. Azken batean, horrela ikasten duk. Gaizki irteten badik, ostiakoa daukak...

–Baina...

–Eta ondo irteten badik, izango duk ostiakoa. Lehenago edo beranduago. Bizi-legea duk. Sad but true, tio; sad but true.

–Joder. Baikorra haiz benetan. Bale, eta nire lekuan egongo bahintz, sasijakintsua halakoa, zer demontre egingo huke?

Segundo pare batez hausnartu zuen Alexek.

–Eskatu, jakina –erabaki zuen, irribarre erdi maltzurra eginez. Porroa itzali zuen–. Eta ostiakoa hartu.

Isilik egon ziren minutu batzuez. Imanolek belar-eskukada bi hartu, eta airean bota zituen, bortizki, landare-euri bat itxuratuz

–Zein da sekretua?

Alex luze-luze etzan zen lurrean, besoak zabal. Gurutziltzatua balitz bezala.

–Ez zagok sekreturik, Imanol. Edo hanka sartzea. Hori bakarrik. Hanka sartzea eta berriro sartzea. Esan behar ez diren hitzak, egin behar ez diren okerrak... Ezgauza haizela uste izan arte. Baina horrela, pixkanaka, aurrerapausoak egiten dituala konturatuko haiz. Egunen batean heure buruarekin gustura hagoela konturatuko haiz. Ba al dakik zer den hori?

–Bueno. Hori, hanka sartzeko aukera baldin badaukak...

–Et, et, et. Hasi haiz berriro aitzakia bila, e? Aukerak hik jartzen dituk –aurpegiratu zion Alexek–. Beste gauza bat esango diat, eta entzun ondo: bizitza guztiak, guztionak, oso antzekoak dituk... ikuspegi zehatz batetik hartuta: denek ditiztek aukerak... edo aukerak izateko aukerak –irribarrea eragin zioten bere hitzek–. Aldea, alde ia bakarra, hauxe duk: ostiakoa hartzeko prest hagoen edo ez. Sartuizkiok behar dituan ziri guztiak heure buruari, joder! Aukerak aurkitu arte. Eta aurkitzen dituanean, salta ezak. Eta hanka sartu, ostia. Hanka sartu.

–Joder. Hori duk hori txapa merkea.

–Entzun al duk, ordea?

–Bai motel. Entzun diat.

–Eta?

–Hitzak ederrak dituk, Alex. Baina gero errealitate puta zagok. Errealitate puta hau. Eta hik zortea daukak –zapatila bateko lokarria askatuta zeukala ohartu zen. Lotu egin zuen–. Baina nik ez...

–Joateko, ostia. Hoa behingoz neska horrengana eta esaiok zeozer. Esaiok nahi duana. Baina hoa. Lotsa pasatuko duk. Hilik egon nahiko duk. Madarikatu egingo nauk. Seguru. Baina agian ez. Agian espero ez duan oparia lortuko duk. Edo gutxienez, gutxienez, hobeto sentituko haiz heure buruarekin. Saiatu egin haizelako! Eta hurrengorako, ikusiko duk; errazagoa izango duk guztia. Beharbada, ederragoa.

–Itxoin ezak, hi! Ez nauk joan ere egin eta hi ja hurrengoarekin ari haiz.

Alexek sakonki hartu zuen arnasa. Barre-karkara egin zuen eta, malguki ezkuturen batek bultzatuta bezala, jaiki egin zen.

–Oraintxe bertan joango haiz –jaurti zion Imanoli. Eskua luzatu zion, jaikitzen laguntzeko. Imanol urduritzen hasi zen.

–Zer? Zer ari haiz?

–Alazne zuen eskola barruan egongo duk. Notak-eta hartzen. Eskatuiok oraintxe. Jaiki. Hirekin noak.

–Zoratu egin al haiz?

–Zoratu? Oraintxe ari hintzen-eta ezin duala gehiago jasan eta horrelako txorradak esaten. Goazen. Jaiki, joño!

Alex serio ari zela antzeman zion Imanolek. Dardara sumatu zuen hanketan.

–Ez. Ezin diat.

–Zer ezin duala! Jaiki oraintxe bertan, edo nik esango zioat.

–Ez!

–Horixe esango diodala. Eta badakik baietz. Jaiki.

–Kabroia.

–Bai. Goazen.

ISILTASUNA

–Hor duk. Eta bakarrik zagok –seinalatu zion Alexek. Pixka bat bultzatu behar izan zuen laguna–. Segiok.

Hurbildu egin zitzaizkion. Alex atzerago gelditu zen.

Zurbila eta hauskorra, azalean; diamante bitxiena barnean: berriro hartu zion Imanolek geisha itxura Alazneri.

–Epa, Alazne.

–Honbre, Imanol, zer... moduz?

Alazne atezuan zegoela iruditu zitzaion mutilari.

–Hementxe. Amaitu dugula eta...

Alazneri aurreko larunbata etorri zitzaion gogora, mailukada basati baten modura, beldurrezko film bateko aurrerakin gordina balitz bezala: nola joan zitzaion atzetik Imanoli, nola amaitu zuen hark putetxe aurrean. Barruan zeukan dena askatzear egon zen neska, zergatik egin zuen galdetzear, mutila popatik hartzera bidaltzear. Baina irrika zegoen. Irrika sentitu zuen barnean. Putza.

–Bai, egia duk –atera zitzaion, bakarrik–. Bake ederra, e?

–Bai, neska.

Imanol, bere harridurarako, segituan lasaitu zen. Hain ondo ezagutzen zuen Alazne... Urtebete egon zen, azken batean, haren alboan, eta ez alferrik. Zerbait zegoen, alabaina. Harrapatzen ez zuen zerbait.

–Enpresa-ikasketak egin behar ditun, ezta? –galdetu zion Imanolek. Ondo zekien baietz.

–Bai. Donostian.

–Eta taberna? Tabernan jarraituko al dun?

"Zer dauka, ba, mutil honek?", oldoztu zuen Alaznek. "Zergatik sentitzen naiz honen... Zergatik nago honen nahastuta bere alboan?" Esan egin beharko lioke. Bazekiela putetxearena. Ea nola erreakzionatzen zuen.

–Baietz uste diat. Ahal dudanean, behintzat. Gurasoek laguntzatxo bat beharko ditek noizean behin.

Imanol bere buruarekin hasi zen solasean. Orduantxe eskatuko zion...

Isiltasuna.

–Kameraren inguruko zerbait ikasi behar huen hik, ezta? –galdetu zion Alaznek, sortutako isilune deseroso hura betetzearren.

–E? A, bai, bai. Kameraren inguruko… zerbait.

Isiltasuna.

–Ja. Eta oporretan? Zerbait egin behar duk? –hasi zen Alazne, berriro.

–Oporretan… Ba, ez zakinat oraindik zer egingo dugun.

–Ez duk nonbaitera joan behar?

–Baliteken. Agian. Besteekin hitz egin behar dinat. Kanpinen batera joango gaitun, beharbada. Baina auskalo, ez dinagu oraindik ezer pentsatu.

Isiltasuna.

–Nik ere ez zakiat zer egingo dudan, egia esateko –azaldu zion Alaznek.

–A.

Isiltasuna.

–Igual tabernan gelditu beharko diat.

–A ze putada, ezta?

–Bueno, bai –onartu zion neskak.

Isiltasuna.

Ez zion esango, konturatu zen Alazne. Ez zen ausartuko putetxearena esaten. Handik alde egin behar zuen. Lehenbailehen.

–Bo, Imanol –erlojuari begiratu zion, presaka zebilela adieraziz bezala–. Joan egin behar diat.

Bazihoan. Badoa!, larritu zen mutila. Oraintxe eskatu behar diot irteteko! Oraintxe! Alazne… Alazne…!

–A, bale –esan zuen Imanolek.

–Egongo gaituk.
–Bai.

Nola urruntzen zen ikusi zuen. Tipi-tapa, tipi-tapa. Damatxo-itxurarekin. Portzelanazko txotxongilo bat bezala.

Alex Imanoli hurbildu zitzaion.

–Ez haut ulertzen –bota zion–. Laostia haiz.
–Ezin diat. Benetan. Ezin diat. Ezin diat.
–Imanol, hik jakingo duk, baina ez bahaiz mugitzen... Imanol?

Imanol hormaren kontra zegoen, arnasa ezin batuz.

–Imanol, ondo al hago?
–Jo. Bai, lasai –burua altxatu zuen–. Ez! Ez nagok ondo. Ez nagok batere ondo. Egundoko sabeleko mina jarri zaidak bat-batean. Kanalean zabaldu banindute bezala. Txitxi-burruntzia banintz bezala! Horrela ezin diat, Alex. Horrela ez.

Alex txundituta zegoen lagunarekin.

–Aibalaostia. Eta nola nahi duk, ba?
–Ez zakiat –Imanolek etsi egin zuen–. Ez zakiat. Berez. Naturalki edo. Honela oso behartuta iruditzen zaidak. Eta ezin diat.

Eskuak buru atzetik pasatu zituen Alexek, gogoetatsu zegoela adierazi nahi zuen bakoitzean egiten zuen bezala.

–Tira, tira, tira. Orduan hik guztiak berez irtetea nahi duk. Egoera normal batean, ezta?
–Honbre...

–Bale –eten zion lagunari–. Egon hadi pixka batean. Emaidak... emaidak egun pare bat.

Alex urruntzen hasi zen.

–Ei, zer egin behar duk? Ei, Alex. Alex, ostia! Zer egin behar duk? Alex!

Baina Alexek ez zion jaramonik egin. Bere buruan sortzen ari zenari zion jarrita arreta guztia.

PISU BAT?

Julen berandu zihoan. "Lehenbailehen. Betiko lekuan." Horrela esan zion Alexek, telefonoz, bestelako argibiderik gabe.

"Betiko lekura" iritsi zenean, Imanol bankuan eserita aurkitu zuen, zain. Haritz tente zegoen, urduri antzean, eskuak poltsikoan.

–Zer dugu? –agurtu zituen Julenek–. Bueno, zer gertatzen da?

–Ez zakiagu –erantzun zion Imanolek. Haritzek ere eskuak zabaldu zituen, poltsikotik ateraz, berak ere ezer ez zekiela adierazteko.

Alex bakarrik falta zen.

–Nola ez dakizuela? –harritu zen Julen–. Alexek deitu zidak eta lehenbailehen azaltzeko esan zidak. Eta mugitzeko, urgentea zela.

–Ba –esan zion Imanolek–, ez zakiat hik baino gehiago.

Haritz batera eta bestera zebilen, artega, eskuak berriro poltsikoan sartuta. Ez zion usain onik hartzen kontuari. Alexengandik zetorren edozein kontuk hotzikarak eragiten zizkion.

–Joder –kexatu zen–. Ederki gaudek orduan. Gainera, tipo hau, deskuidatuz gero, azaldu ere ez duk egingo.

–Hor zatorrek –esan zuen Imanolek.

–Zer?

–Alex. Hor zatorrek.

Alexek eskuarekin agurtu zituen. Zerbait zekarren; irribarre zabalean zeraman idatzita.

–Ei! –oihukatu zien–. Iepa. Gauza bat kontatu behar dizuet. Bueno, bi gauza –eskuak buru atzean jarri eta gorputza luzatu zuen–. Bat: Arantxarekin hitz egiten egon nauk.

–Arantxa ezagutzen al duk? –galdetu zuen Imanolek, bat-batean estututa. Arantxa Alazneren laguna zen. Eta Alex Alazneren inguruan ibiltzeak…

–Oraintxe ezagutu diat. Ikusi egin diat eta berarengana joan nauk. Neska jatorra zirudik –argitu zion Alexek–. Putetxearena bazakitek.

–Zer? –oihukatu zuten hirurek aldi berean.

–Baina hi zoratuta al hago, ordea? –garrasika esan zion Haritzek–. Nola esan diek, ba, hori?

–Ostia, Alex, pasa egin haiz –aurpegiratu zion Imanolek.

–Et, et, et. Stop –eskuak burutik kendu eta lasaitzeko keinua egin zien lagunei–. Ez atera ondorio azkarregiak. Nik ez diat txintik ere esan.

–Orduan? –bota zion Julenek–. Ze, ez genion beste inori esan, eta ez gintian inork ikusi... –Imanolengana itzuli zen bat-batean–. Edo hire osaba...?

–Ezetz. Hori baino errazagoa duk –hasi zen azaltzen Alex–. Arantxak esan didanez, kotxean omen zihoazen, eta, txiripaz, han ingurutik pasa zituan. Justu-justu nire kotxetik irteten ari ginela edo.

–Eta zergatik ez diok esan ezetz, ez ginela gu? –Imanol aztoratuta zegoen, Alaznek han ikusi zuela pentsatzean–. Edo beste zerbaitera joan ginela?

–Beste zerbaitera? –Alexek barre-karkara egin zuen–. Putetxera? Bai, motel: izarrak ikustera joan ginela esango nioan, han kristoren bista dagoela eta. Hara bestea! Gainera ez zioat sinetsi. Ostiak ikusi gintuzten txiripaz!

–Zer esan nahi duk? –galdetu zuen Julenek.

–Gure atzetik etorriko zirela, joño. Pro-pi-o. Askoz sinesgarriagoa duk. Haietako baten batek gutako baten batekin nahi dik –oso poliki eta hitz bakoitza azpimarratuz–. Horregatik zeudean han. Capicci?

–Hik ez daukak konponbiderik –epaitu zuen Imanolek, serio, baina barrea atera zitzaion azkenerako. Barre urduria eta kezkatia. Kokospekoa laztandu zuen, mugimendu azkar batez–. Zer uste duk, gure atzetik etorriko zirela, horrela, kotxe eta guzti?

–Nik egingo nikek.

–Hik, hik! Baina hi burutik eginda hago, ordea! –oihukatu zuen Imanolek–. Orain kristoren lotsa emango zidak Alazne ikusteak.

–Ja. Gaindituko duk. Dena dela, ez kezkatu. Egia esan zioat Arantxari –jarraitu zuen Alexek.

–Zein egia?

–Ba, egiazko egia, joder: akojonatu egin zinetela esan zioat. Ez zinetela ausartu eta hanka egin zenutela handik, ezer egin aurretik.

–Eeeeneeee! Aaaleeex! –jauzi eginez oihukatu zuen Julenek–. Nik ez zakiat, ba, zerk ematen didan lotsa handiagoa! Ezin al hintzen isil-isilik egon?

–Gauzak hobeto baizik ez dizkizuet utzi, artaburuak.

–Bai, putetxeko madrea hobeto! –bota zion Haritzek.

–Begira, Arantxarekin hitz egitean, egundoko desengainua hartu zutela esan ez, baina adierazi bai, egin zidak. Antza denez, eta iradoki didanez, erdi haserre edo gelditu zituan. Baten bat bai, behintzat –Imanoli begira esan zuen azkena. Hasperen egin zuen–. Askotan, neska bakoitzak munduko neska bakarra dela pentsatu nahi dik, eta gero danbatekoak zatozak. Enfin. Kontua duk nik gertatutakoa kontatu diodala. Barre egin dik, behintzat.

–Eta hori ondo iruditzen zaik? –galdetu zion Julenek–. Guri barre egitea? Nola begiratu behar zieagu orain?

–Ja, egia duk –berretsi zuen Imanolek.

–Zeuden aukerak kontuan hartuta, onena hartu dudala uste diat.

–Eta zein aukera zeudean, ba? –galdetu zuen Imanolek.

–Horretara nindoan. Lehen esan dizuet bi gauza esan behar nizkizuela.

Begira geratu zitzaien, irribarre maltzurrez. Ez zuen ezer esaten.

–Esango al duk behingoz? –presatu zuen Haritzek. Alexek buru atzean jarri zituen eskuak beste behin.

–Oporretara goazak.

–Oporretara? Eta hori? Nora joan behar dugu, ba?

–Ez nora: norekin.

Beste hirurak mutu gelditu ziren.

–Arantxa, Mirari, Irene eta Alaznerekin joango gaituk.

Segundo bat, bi hiru... Ez zuten ezer esaten.

–Txantxetan ari haiz –hasi zen, azkenean, Imanol.

–Ez, ez duk txantxa. Arantxari esan zioat pisu batera joan behar genuela. Gu laurok. Eta nahi izanez gero etor zitezkeela gurekin. Lekua bazegoela eta ederra izango zela egun batzuk batera egitea. Elkar ezagutzeko eta. Kurtso amaierako bidaia horietako baten antzera. Alaznek eta hik elkar ezagutzen duzue gainera –esan zion Imanoli–, eta horrek dena leunduko liguke gainontzekooi. Arantxak baietz esan dik, ondo iruditzen zaiola; eta beste neskak konbentzitzen ahaleginduko dela. Besteok, bitartean, antolatuko diagu orgiaren bat edo –barre karkara egin zuen, eta lagunei begira gelditu zen.

Katatonia bortitzenak jota bezala zeuden, entzundakoa ezin balioztatuz edo. Imanol izan zen lehena arnasa berriro hartzen.

–Orgia bat?

–Lau neska, lau mutil –azaldu zuen Alexek–. Zer nahi duk pasatzea, ba?

–Orgia bat –atera zitzaion, berriro, Imanoli. Putz egin zuen–. Pff! Hi, Alex, eta pisu bat esan duk? Zein pisu zaukaagu, ba?

–Ez zaukaagu.

–Orduan?

–Topatu egin beharko diagu zerbait.

–Zerbait? –Julenek berriro egin zuen jauzi–. Pisu bat ez duk zerbait, preseski. Ez dituk perretxikoak bezala lortzen, mendira joan eta ale, han edo hemen azalduko da bat! Zoratu egin al haiz?

–Ez duk hainbesterako ere.

–Ezetz? Eta zergatik... zergatik ez duk aipatu, zer zakiat ba nik, kanpinen bat edo?

–Kanpina ez duk egokiena. Edo ez zakiat. Pisua etorri zaidak burura. Susmo ona izan diat horrekin. Kanpin bat... ez. Kanpin batean zailagoa izango lukek.

–Alex, esan diagu: pasatu egin haiz –deliberatu zuen Julenek.

–Ea, ba: neska horiekin egun batzuk igarotzeko aukera zaukaagu. Zer ostia nahi zenuten? Txortan ere nik egitea zuen partez? Joder, puntu-puntuan utzi dizuet dena, eta gainera kexu? Zoazte porkulo hartzera!

–Zergatik ez diguk galdetu lehenago? –galdetu zion Haritzek.

–Nola, ordea? Arantxa ikustean ez neukaan asmo garbirik. Zer zetorren ikusi, eta horren arabera jokatu. Inprobisatu egin diat. Hori besterik ez. Harekin hitz egin ahala bururatu zaidak dena. Nahi duzuena esango duzue, baina plana ona duk. Eta joaten ez bazarete, ez zakiat zer egin beharko dudan zuekin. A, eta astebete zaukaagu. Mugitzen hasi, hortaz.

–Astebete?

–Astebete, bai. Zazpi egun besterik ez.

BATZUETAN, MAGIA

Imanolek eta Haritzek, sarritan, ibai ondoko zelai batean etzatea zuten gogoko. Uraren marmario atergabe, ia isilak lasaitzen zuen lekua. Nork bere baitan amets--oihalezko hamaika dorre eta gaztelu egiteko toki aproposa.

–Hi, hik sinesten al duk zorian? –galdetu zion Imanolek besteari. Ile kizkurrak nahasita zeuzkan aurpegi aurrean. Ez zitzaion axola.

–Zer esan nahi duk?

–Bai. Hik uste al duk, batzuetan, zoriak, edo patuak, edo nik al dakit zerk, hire alde-edo egiten duela?

–Zer, Jainkoaz edo horrelako zerbaitez ari haiz? –galdetu zuen Haritzek.

–Ez, ez. Edo ez zehazki. Ez zakiat. Hainbeste aldiz erabili izan duk jainko hitza... Jakin ezak zer esan nahi duen honezkero. Ez, ez nian hori esan nahi, baizik eta...

ez al duk sentitu inoiz magia moduko batek dena bideratuko balu bezala?

Haritzek irri laburra egin zuen.

–Batzuetan bideratu... eta beste batzuetan ederki izorratu. Probabilitate hitza ez al duk aproposagoa horretarako? Txiripa?

–Beharbada.

Haritz urertzera hurbildu zen eta bere isla aztertu zuen.

–Auskalo –hausnartu zuen–. Agian norberak bere bidea jorratzen dik, edo agian patu mugatu bat zaukak gutako bakoitzak, eta, orduan, egiten dugun edozein gauza ondo zagok. Akatsik ez horrela –eskua uretan sartu zuen, pentsakor. Arrain txiki bat hurbildu zitzaion jakin-minez, baina berehala irten zen ziztu bizian; esku neurrigabe hura ez zen ona jateko.

–Bai. Baina nik magiarekin jarraitzen diat. Beharbada bizitzak gutxi batzuetan irekitzen dik berarenganako atea, eta une horietan aprobetxatu beharra zagok, aukera betiko galdu nahi ez baduk. Amaigabeko istorioan bezala. Benetan sinestea ezinezkoa izanda ere, ederra duk.

–Hi, Imanol, zertara zatorrek hori guztia? Gustura hagoela esango nikek. Zeozer gertatu zaik, ezta?

Berealdiko irribarrea egin zuen Imanolek.

–Pisua zaukaagu.

–Zer? –Haritz bueltatu egin zen, ezusteaz. Bere eskuak, uretatik irtetean, goitik behera zipriztindu zizkion prakak–. Ez adarrik jo. Pisu bat lortu al duk?

–Bai.

–Benetan?

–Baietz, baietz. Patxi, anaia zaharra, kanpora zoak bizpahiru asterako, ez zakiat zer lan kontu dela eta. Eta Patxik pisu propioa dik. Donostian.

Haritz jaiki egin zen eta prakak astintzeari ekin zion, ehuna oraindik blaitu ez zuten tantak gainetik kentzeko. Betaurrekoak garbitu zituen gero.

–Hire anaiak neska zaukak, ezta? Formala-edo, esan nahi diat.

–Bai. Alizia.

–Hura ere harekin zoak?

–Ez, ez. Anaiak bakarrik joan behar omen dik.

–Eta ez al da Alizia hori pisuan geratuko?

–Ez. Ez dituk elkarrekin bizi. Neska gurasoekin zagok, oraingoz behintzat. Patxi bakarrik bizi duk pisu horretan.

–Eta pisua uzten al dik? –galdetu zuen Haritzek.

–Hasieran ez, ez zidaan utzi. Baina lehen esan diadan bezala, bizitzaren atea zabaltzen ari zela iruditu zitzaidaan bat-batean, eta saiatu egin behar nintzela sentitu nian. Kristoren alamena eman nioan. Egundoko txapa. Faborez eta faborez eta faborez. Ez genuela ezer txikituko, behar zuen guztietan lagunduko niola…

–Eta azkenean onartu egin zian.

–Ez. Azkenean ere ez. Kabroi bat duk.

–Orduan?

Imanolek giltza sorta bat atera zuen poltsikotik.

–Giltzak ezkutatu zitian. Baina nik banekian non gordetzen dituen ordezkoak.

–Haren baimenik gabe joatea nahi al duk?

–Nire baimena daukazue. Eta bizitzarena berarena, joño.

Haritzek ozenki egin zuen barre.

–Hi ere zoratzen hasita hago. Alexena kutsagarria izango duk.

–Litekeena duk. Eta ez duk, ez, dirudien bezain txarra.

–Bejondeiala, txikito. Bejondeiala.

ALAZNEREN TABERNAN

Arantxa, Irene eta Mirari Alazneren gurasoen tabernan elkartzen ziren askotan. Atzean zegoen mahaian esertzen ziren, ia beti. Arratsaldeetan oso leku lasaia izaten zen hura gehienetan, eta gustura hitz egin zezaketen. Alaznek berak zeregin gutxi izaten zuen eta beraiekin eseri ohi zen.

Orduan bezala.

–Ni ez nagon batere seguru, Arantxa –aitortu zion Alaznek–. Pisu batean?

–Zergatik ez? –galdetu zuen Arantxak, konbentzitze prozesuan oraindik–. Zer dinagu galtzeko? Ezer gertatzen ez bada, ba kitto. Ahaztu eta bakea. Eta gertatzen badun… –hor utzi zuen esaldia.

Mirari garagardo botilaren etiketa pusketaka kentzen ari zen. Arantxari zuzendu zitzaion.

–Baina zer nahi dun gertatzea?

–Ez zakinat. Edozer gauza –Arantxak hasperen egin zuen–. Egun gutxi batzuk izango ditun. Lauzpabost edo. Konturatzerako pasako ditun. Segituan. Gero, luzatzea nahiko dinagu, ikusiko duzue.

Alaznek bi eskuez eusten zion buruari, zalantzakor. Imanolekin etxe berean izatea... Neska ez zegoen ja seguru zer nahi ote zuen.

–Ez zakinat, ba. Non izango dun?

–Donostian, uste dinat. Dena dela bihar deituko zionat Alexi, teorian behintzat, eta orduan argituko zizkidan kontu guztiak.

–Lauzpabost egun... –errepikatu zuen Alaznek bere kolkorako.

–Baina ez ditinagu ondo ezagutzen –esan zuen Mirarik–. Edo, bueno –Alazneri begiratu zion–, hik eta Imanolek bakarrik ezagutzen duzue elkar.

–Horregatik, ba –Irenek jolas egiteko gogoa zeukan jadanik. Lau mutil pisu batean... Gozoki gozoegia . Horrela besteok ere ezagutuko ditinagu.

Beste erronda bat eskatu zioten Alazneri; ez zeukaten handik mugitzeko gogorik.

–Ei, Arantxa, kontatuko al digun berriro putetxearena? –esan zuen Irenek, barrezka–. Kristoren barreak egin nitinan atzo etxean, gogoratzean.

–Bai, graziosoa dun. Baina ez zagon asko kontatzeko –azaldu zion Arantxak–. Atzo aipatu nizuena besterik ez: sartu omen zitunan, jarri omen zitunan txoko batean, eta, Alexek neska bat ekarri zuenean, besteek hanka egin omen zitenan, deabruak hartuta bezala.

Barre-algaran egin zuten eztanda laurek.

–Ume batzuk ditun oraindik –epaitu zuen Irenek, begiko malkoak eskuekin lehortuz.

Alazne, bat-batean gogoetatsu, begira geratu zitzaion.

–Aurrekoan ume puta batzuk zitunan putetxera joan zirelako eta, ustean, zerbait egin zutelako –Alaznek begirada jaitsi zuen, damututa bezala–. Imanolek min handia egin zidalako –begirada jaso zuen, ia erronkari–. Orain ume puta batzuk ditun, ezer egin ez zutelako edo. Ez zienagu errazegi jartzen, batzuetan.

Besteen irribarreak itzali egin ziren.

–Alazne –hasi zen Arantxa, samur–. Alazne, ez hadi hain formal jarri, faborez. Barre egiten zienagu, baina ez asmo txarrez. Guk ere antzera jokatuko geninan egoera horretan. Seguru. Baina, demontre, ez esan barregarria ez denik!

Alaznek mingain puntaz hezetu zituen ezpain lehorrak. Baiezkoa eman zion buruarekin, azkenean.

–Arrazoi izango dun.
–Benga –bota zuen Irenek. Burua mugitu zuen ilea, suzko ile gorria, ondo zabaltzeko–, ni joan egingo naun.

Besteek ez zioten ulertu.

–Pisura.

–Hara, hara –poztu zen Arantxa–. Primeran, aizan. Alazne?

Alaznek ezpainak hozkatu zituen erabakia hartzeko kinkan.

–Egun hauetan lan gutxi zagon tabernan. Nik uste dinat libre emango didatela.

–Bai, orduan?

Irribarre egin zuen.

–Bai.

–Hori dun eta! –oihukatu zuen Arantxak.

Mirarik bere bigarren garagardo botilaren etiketa kentzen ziharduen. Txiki-txiki egin zuen papera.

–Eta hi? –galdetu zion Irenek.

Mirarik kopetan zeukan ile-xerloa kendu zuen eskuko mugimendu batez. Pixkanaka gorrituz joan zen.

–Ezin dinat.

–Nola ezetz? –esan zuen Arantxak, ozen–. Zer dela eta?

–Gurasoak. Ez zidaten uzten.

–Gurekin etortzen ez al dinate uzten? –harritu zen Arantxa.

–Mirari, zer esan dien? –hausnartu zuen Irenek–. Ez hien, ba, egia esango! Mirari?

Mirari gehiago gorritu zen.

–Gutxi… gorabehera. Mutil batzuekin pisu batera joan behar ginela esan zienat.

–Jo, Mirari –egin zion errieta Irenek–. Mutil batzuekin? Klaseko lagunekin, neska. Hori esan behar hien. Edo gurekin bakarrik hentorrela. Ez mutil batzuekin.

–Uste ninan utziko zidatela. Horregatik esan nienan hola.

–Atzera egingo diten –esan zuen Irenek, konbentzituta.

–Ez, ez diten egingo

–Seguru?

–Seguru. Mutil batzuk dauden pisu berean lo egin dudala jakinez gero, bihotzekoa emango zien. Ez zidaten sekula utziko.

Arantxak eskuak mahai gainean jarri zituen, besteen arreta erakartzeko.

–Bazakinat zer egin dezakenan. Hik izeba bat daukan Donostian, ezta?

–Bai. Lurdes.

–Zer moduzkoa da?

–Zer moduzkoa? Jo, ba, normala. Nola nahi dun izatea?

–Ez dun bereziki endredatzailea edo antzeko zerbait.

–Endredatzailea? Ez. Jatorra da.

–Eta ondo konpontzen haiz berarekin.

–Bai, bai. Dexente ondo.

–Lekua ba al du?

–Etxean? Gizonarekin bakarrik bizi da. Ez dute seme-alabarik –argitu zuen Mirarik, bere aurpegia gero eta alaiagoa zela.

–Bale. Ba, esaien gurasoei han egingo dunala lo! Ikusiko dun nola uzten dinaten. Lotarako izan ezik gurekin egongo haiz.

Mirarik irribarre egin, eta garagardo botilako azken etiketa zatia kendu zuen.

–Arantxa, portatu haiz! Horrek itxura ona din!

–Ikusten? –aurpegiratu zion lagunak, barrez. Mirari mahaiari begira geratu zen, pixka bat lotsatuta bezala. Arantxak Mirarik mahai gainean utzitako paper zatitxoak tontor txiki batean bildu zituen–. Mirari, sekula aditu al dun etiketekin horrela jardutea frustrazio sexualaren adierazgarri dela?

(2002. URTEA)

Munduko kafetegi guztietatik nirea aukeratu behar izan zuen

Humphrey Bogart

BULARRETAKOA

Julenek erlojua begiratu zuen, urduri. Egongelan sartu zen. Aurreko hormako argazkia gertutik aztertu zuen. Japoniar Shinto santutegi bat erakusten zuen, hunkigarria bere sinpletasunean, eta apala bezain magikoa. Haren teilatu triangeluarra, egurrezko forma bakunak, alboko aintziraren bakardadea... Irudiaren bakeaz kutsatzen saiatu zen. Erdizka baizik ez zuen lortu.

Irudiaren azpian, horman zintzilik, katana bat; japoniar ezpata loriatsua. Mirariren apeta hippyetako –edo ekialdetarretako, edo zena zelako– beste bat. Ezpata-sagarra laztandu zuen, leuna eta isilkorra. Heldu, eta apur bat atera zuen xafla. Distiratsua eta hilgarria. Bere lekuan jarri zuen berriro.

Hamaikagarren aldiz begiratu zuen erlojua.

Kaka.

–Mirari, gaurko al da? –oihukatu zion.

–Itxaron! –oihukatu zion emakumeak logelatik–. Bi minutu. Oraintxe naiz.

Janzten ari zen. Hori esan zion behintzat, Julen dudatan hasia baitzen orduerako. Zenbat denbora behar zuen?

–Julen!
–Zer?
–Etorri momentu bat, mesedez –"Mesedez?", konturatu zen Julen. Hori berria zen–. Lagun iezadazu.

Logelara sartu zen Julen. Mirariren bizkarrarekin egin zuen topo.

–Ezin dut soinekoa ondo lotu –azaldu zion–. Kremailera itxiko didazu?
–Zure hitzak aginduak dira niretzat, printzesa.
–Hobe bai, horrela balitz beti! –ihardetsi zion emakumeak. Alai zirudien. Ohi baino areago bai, behintzat.

Julen hurbildu egin zitzaion. Irribarre bihurria zeraman aurpegian.

–Zertan ari zara, baina? –galdetu zion Mirarik, bizkarrean espero ez zuen zerbait sumatzean, baina Julen zertan ari zen asmatu ezinik–. Zer egin duzu?
–Bularretakoa askatu dizut –esan zion Julenek irribarrez.
–Zoratu egin al gara, edo? Soinekoa lotzeko eskatu dizut, ez bularretakoa askatzeko.

Gizonak irri egin zuen.

–Zutaz erabat txoratu nintzen behin. Gogoratzen? –segitu zuen Julenek–. Eta bazuen honelako bularretako batek nahiko zerikusirik.

Julenek sorbaldetatik heldu eta berarengana itzularazi zuen emakumea. Aurrez aurre jarri zuen. Bularretakoa kendu eta titiak heldu zizkion, esku banatan hartuz, haien pisua aztertzen ariko balitz bezala.

–Ondo hazi zitzaizkizun, e? –esan zion bularrak laztanduz, nostalgiaz beteriko irri labur batez. Musu azkarra eman zion ondoren emakumeari.

–Bai –Mirari ere apur bat samurtu zen iragana gogoratuz. Musua itzuli zion–. Aizu, egia al zen?

–Zer?

–Orduan esan zenidana. Laztantzearena eta. Benetan entzuna al zenuen horrelakorik?

Begiradaz egin zuen barre Julenek.

–Auskalo.

–Gezurtia halakoa –beste musu azkar bat eman zion Mirarik–. Ea, lotu berriro. Berandutu egingo zaigu eta –bizkarra eman zion berriro.

–Ez litzaidake asko axolako –esan zion Julenek, Mirariri ostera ere buelta emanez eta begietara begiratuz.

–Ez. Zuri ez litzaizuke sekula axolako horretarako balitz –"eufemismoak!", desesperatu zen Julen. "Beti eufemismoak!"–. Ez dago denborarik, Julen.

–Proba egin behar nuen, ño. Ez da inoiz jakiten.

Barre egin zuen Mirarik.

Bizkarra eman zion beste behin.

BIDEAN

Autoa txandaka txofertzen zuten, oro har. Julenek eramango zuen joanean, eta Mirarik bueltan. Horrela erabaki zuten.

–Konturatu ere gabe hasi ginen batera, oroitzen? –galdetu zuen Mirarik. Izter gainean mapa bat zeraman, zabal-zabal eginda, eta errepideko bide-seinaleak aztertzen zituen tartean behin. Trakets samarrak ziren ezagutzen ez zituzten lekuetan, eta ez zuten galdu nahi.

–Gu biok, esan nahi duzu?

–Ez. Bueno, talde osoa –zehaztu zion Mirarik–. Imanolen anaiaren pisuan, han elkartu ginen lehendabiziko aldiz. Neskak eta mutilak.

–Bai –Julenek autoko argiak piztu zituen; arratsalde benetan iluna zen. Irribarre egin zuen–. Egundoko konfiantzarekin hasi ginen… eta ia hasi baino lehen sakabanatu zen taldea. Bitxia ere izan zen.

–Opor haiek amaitu eta berehala. Patu intentsua baina laburra zen taldearena. Unibertsitateak birrindu gintuen –eskuak zabaldu zituen, "ezin izan genuen ezer egin" adieraziz bezala–. Kitto.

–Gure kasuan –esan zuen Julenek, garraztasun apur batez–, gure kasuan gu sakabanatu ginen, Mirari. Ez zara gogoratzen? Bilbora joan ginen, eta besteez ahaztu ginen. Batera egotea baizik ez genuen nahi.

–Bai. Ihes egiten ariko bagina bezala.

–Eta ez ginen ari? –filosofatu zuen Julenek.

–Iheska?

–Gure nortasuna azpimarratu nahi genuen. Bikote bezala bakarrik egoteko gai ginela sinetsi.

–Ez esan lelokeriarik –ihardetsi zion Mirarik–. Konturatzerako geunden banatuta, baina ez nahita egin genuelako.

–Ezetz? Seguru? Dagoeneko geure errealitatea sortzen hasi behar dugu?

–Zer esan nahi duzu?

–Ba, geure buruari gezurrak esaten, Mirari. Horixe esan nahi nuen.

Mirarik ez zion erantzun. Isilean egin zituzten zenbait kilometro.

–Gogoratzen Alazne eta Imanolekin? –oroitu zuen Mirarik–. Hain… bat eginik zeuden… Elkarrenak zirela ematen zuen eta!

–Gu baino askoz gehiago, e? –jaurti zion Julenek.

–Ez nuen hori esan nahi.

Julenek ez zuen gehiago zirikatu nahi izan.

–Eta Alex? –galdetu zuen–. Gogoratzen zara Alexekin? Odola bizi, gogoa beti prest. Munstro bat zen.

Mirari deseroso mugitu zen autoko eserlekuan. Alex. Aurkako sentimenduak sortzen zizkion oraindik pirata demonio hark. Dardara sumatu zuen eskuetan. Elkartu egin zituen, ezkutatzeko. Alex. Gaua eta eguna, hotza eta beroa, yin eta yang. Maremagnum eroa eta galgarria. Zer gertatuko zen Alex afarira azaltzen bazen?

–Bai –esan zuen Mirarik. Ez zen bere buruaz fio; beste hizpide bat behar zuen, ezkutatzeko–. Nola zen herria?

Oraindik ez ziren zazpiak, baina ia gaumina ematen zuen: oso laino beltzak zebiltzan.

–Astigarribia.

–Ba, uste dut hor atzean zegoela kartela. Bost kilometro zioen. Hura bazen, behintzat. Baina auskalo. Iluntasun honekin...

Mendi-mendian barruratzen zen errepide zahar batetik zebiltzan. Eguzkia mendi atzean zeharo ezkutaturik zegoen. Itzalek hartua zuten lurra.

–Han! –oihukatu zion Mirarik–. Pasatu egin zaizu. Eskuinetara eta atzera egiten zuen bide hura zela uste dut.

–Bidea oso estua da. Pixka bat aurrerago joango naiz, ea buelta hartzeko lekuren bat aurkitzen dudan.

Kostata lortu zuen aurkako noranzkoa hartzea. Astigarribia ikusi zuten, inguruko mendiek sortutako sakonunean. Hara jaisteko bidea ere aski estua zen. Jaisteko lekua zegoen. Edo igotzeko. Baina ez biak batera egiteko. Han ez zegoen baztertzerik. Auto bakarra jaitsi zitekeen, eta doi-doi. Nolanahi ere, arazorik gabe iritsi ziren herrira.

–Hauxe izango da ermita –esan zuen Mirarik, eliza zirudien eraikin bakarra seinalatuz.

–Beharko. Hemen lau etxe besterik ez dago –autoa ermita aurrean aparkatu zuen Julenek, beste auto batzuen ondoan–. Ez gara lehenak

Ordua aztertu zuen. Zazpi-zazpiak ziren.

Haize-bolada batek alboko zuhaitzak harrotu zituen bat-batean. Adarrak astindu zituen, etorri berriei agur egiten ariko balitzaie bezala.

ASTIGARRIBIAKO ERMITA

Ermitaren gainean, azken pisuko erpinean sarturik bezala eta eraikina koroatuz, argiune bat osatu zuten hodei beltzek. Ilargi betea zegoen erdian, begi zerutiar baten modura. Laino ilunak metatuz joan ziren zeru morean, ubeldurak balira bezala.

Kilkerren txirritxirriek gau goiztiarra janzten zuten. Hegada baten soinua entzun zen; txilio barrenkorra, ondoren. Galdutako kaioren bat, agian.

–Julen? –bizkarretik etorri zitzaion ahotsa–. Julen al haiz? Bai, ezta?

Julenek, itzultzean, ile kizkurreko gizon bat sumatu zuen ilunantzean. Aurpegiak baino areago kokospekoak errebelatu zion nor izan zitekeen.

–Imanol? –duda egin zuen. Bestearen irribarre ezin zabalagoa ikustean, korrika joan ziren elkar besarkatzera–. Ostia, Imanol! Ez haiz kasik aldatu eta! Kokospekoa eta guzti!

–Bai. Beno, kokospekoa azken egunetan utzi diat, iraganari egindako opari moduan edo. Garai haiek berreskuratu nahian, seguruenez. Eta taldekoek sinets zenezaten ni, ni nintzela –azaldu zion. Banatu egin ziren, baina elkar ikertzen segitzen zuten, museo bateko artelanak balira bezala–. Ikusten diat hi ere primeran habilela.

–Bai. Primeran edo –barre egiten saiatu zen. Emaztea ere han zela konturatuz, albo batera egin zuen, Mirari elkarrizketan sar zedin–. A, Imanol. Ez al duk hemengo emakume liluragarri hau ezagutzen?

Imanolek erdizka itxi zituen begiak une batez, pentsatzen bezala. Segituan ireki zituen baina, irribarretsu.

–Mirari?

–Bai.

–Orduan bezain ederra zaude!

–Gehiago ez? –kexatu zitzaion Mirari apainki eta barrez.

–Gehiago. Zalantzarik gabe –Imanolek beste bien hatzak aztertu zituen. Eraztunak ikusi zituen–. Ez nekien, hara. Baina ez, ez! –haien hitzak moztu zituen–. Azalpenak, gero. Orain, goazen barrura.

Imanolek ermitako atea zabaldu zuen. Julenek eskua jarri zion sorbalda gainean, egoteko eskatuz bezala. Imanol bueltatu egin zitzaion.

–Hi, Imanol –hasi zitzaion Julen–. Zer da hau guztia?

–Ermita?

–Ez, ez. Guztia –zehaztu zion–. Zergatik afaria. Zergatik hemen... Hori guztia. Eta hamabost urteren buruan.

Imanolek kokospekoa ferekatu zuen.

–Laster jakingo duk, lasai. Baina egia esanda, ez haiz bakarra.

Julenek harriduraz begiratu zion.

–Bakarra?
–Ni ere beldur nauk, Julen.
–Beldur?
–Urduri, nahiago baduk.

Imanol barrura sartzen hasi zen.

–Eta Alex? –galdetu zuen Julenek–. Etorri al da?

Imanol geldi geratu zen, une batez. Buelta hartu zuen.

–Goazemak besteekin –esan zion, Julenen begiradari ihes eginez–. Barruan hitz egingo diagu.

(1987. URTEA)

(Neska-mutilak Donostiako pisura
joatear daude)

–Ez zenuke horrelako arroparik eraman behar.
–Zergatik? Blusa eta gona besterik ez da.
–Orduan ez zenuke gorputz hori eraman behar.

Lawrence Kasdan

AUTOBUS GELTOKIA

Autobus geltokia.

Txakur baten zaunka entzun zen sargoripean. Kexu zen. Txolarre suizida bat ia lurra jotzeraino amildu zen, bertikalean eta ziztuan, baina azken unean bizirik irautea erabaki zuen, nonbait, eta zerurako bidea hartu zuen berriro. Damututako kamikazea balitz bezala.

Han zeuden geldituta neska-mutilak, arratsaldeko seietan.

Neskak alde batetik azaldu ziren; mutilak, bestetik. Guztiak zeuden beroak itota. Elkartu eta hasieran bertan geratu ziren bitan banatuta. Batera, baina nahasi gabe. Aurkezpenak azkarrak izan ziren: izenak aipatu eta kitto. Askoz gehiagorik ez. Edozein modutan, bistaz eta noiz edo noiz topo eginda, pixka bat ezagutzen zuten elkar. Mundua txikia omen da; areago herri bat.

Pixkanaka joan ziren hurbiltzen. Eguraldiaren eta telebistaren inguruko hizpideek txantxei utzi zieten bidea.

–Inork ez luke esango bost egunetarako bakarrik goazenik, redios –esan zuen Alexek, barrezka, batzuen motxila erraldoiak ikustean.

–Himalaiara joan behar dugula ematen du, bai –azpimarratu zion Arantxak–. Hainbeste poltsa eta hainbeste zorro.

Lanak izan zituzten traste guztiak autobuseko azpian sartzen. Alexek proposatu zuen bere autoan eramatea, baina ez zuen inork hainbeste arriskatu nahi izan.

Binaka jarri ziren autobusean, mutilak mutilekin, neskak neskekin.

Mirari eta Alazne azken ilaran jarri ziren, leku gehiagorik ez zegoela eta. Besteengandik aparte samar gelditzen ziren horrela. Behintzat, lasai hitz egingo zuten.

–Egia esan, niri, gustatu gustatu –onartu zion Mirarik lagunari–, Alex gustatzen zaidan. Badin zeozer. Otso bakartia dun eta putaseme traza galanta zaukan batzuetan, bale. Baina... badin zeozer. Ezta?

–Mirari, Mirari –Alazne pikaroki hasi zitzaion. Mirarirekin hitz egitea ume batekin egitea bezalakoa zen sarritan–. Bero-bero eginda hator, e? Gero lotsatia haizela esango dun. Aber ez ote haizen gelditzen Imanolen pisuan lo egiten azkenean... baten batekin!

–Bai zera! –Mirarik beroaldia sumatu zuen aurpegian–. Ez esan tontakeriarik. Berriketa hutsa zunan. Ni oraindik gaztea naun.

–Noski –esan zuen Alaznek, irribarrea ezin ezkutatuz–. Noski.

DANTZARIK NAHI?

Zerua itsaso bare bat zen eta eguzkiak ez zuela nekatu behar ematen zuen. Arratsaldea eguerdi beroa bezain bero zen. Gupidagabea eta kasik goria.

Imanolen anaiaren pisua Alde Zaharrean zegoen, eta, guztien zorionerako, ibilaldi laburra zuten Erdialdeko geralekutik. Segituan iritsi ziren.

–Hori da ataria –azaldu zien Imanolek, kopetako izerdia lehortuz–. Uf. Ea gauzak uzten ditugun –itzuli egin zen, zerbait gogoratzean: Mirarik izebaren etxean egin behar omen zuen lo–. Zuk zer egin behar duzu, Mirari, motxila-eta hemen utzi, edo izebaren etxera eraman?

–Erdi eta erdi egitea neukan pentsatuta. Hara, aldatzekoa eta lo egitekoa eramango dut bakarrik.

–Ondo, orduan goazen denok gora.

Imanolek zekienez, pisuan ez zen inor egongo. Hala eta guztiz, artegatasun ukitu batez zabaldu zuen atea, zarataren baten zain-edo. Ez zirudien inor zegoenik. Motxilak han-hemen utzi zituzten.

–Ea, entzun pixka bat –eskatu zien Imanolek–. Pisuan ez dago inor. Eta teorian ez luke inor egon behar, ados? Zer esan nahi du horrek? Ba, zortzi garela eta ez dela erraza izango, baina gu ez garela hemen egongo.

Guztiak, mesedez, lehen zegoen bezala geratu behar du, bai? Garbi zegoena, garbi; zikin zegoena, zikin.

–Baietz, Imanol –Alexek barre egin zuen–. Hori esan diguk lehen ere.

–Zuek adi egon, badaezpada, dena dagoen-dagoenean uzteko.

Alaznek beso bat jarri zion sorbaldan, arin, ia ukitu gabe.

–Lasai, Imanol. Ez diagu ezer aldatuko.

Isilune bat egon zen. Neskak elkarri begira. Mutilak elkarri begira. Alazne deseroso sentitu zen eta besoa kendu zuen.

–Bueno. Mugimendua –esan zuen azkenean Imanolek, erreakzionatuz–. Gelak-eta banatu beharko ditugu...

Musika entzun zuen bat-batean. Etxe barnetik zetorrela ohartu zenean, giharrak harri bihurtzen sentitu zituen. Nor zegoen...?

–Ei, Imanol –esan zuen Alexek, alboko gelatik sartuz–, hemen kristoren musika-ekipoa zaukak hire anaiak. Musika pixka bat jarri diat. Girotzeko.

–Joder, Alex, esan ez diat, ba, ez ukitzeko ezer?

–Lasai, motel. Nahiko bero zagok bestela ere. Norbait animatzen al da dantza egitera?

–Aizue –hasi zen Arantxa, egoera zentzatu nahian–. Zazpi eta erdiak dira. Laster itxiko dituzte dendak. Ez al dugu hobe izango esnea, arrautzak eta horrelakoak erostea? Badaezpada.

Haritzek ez zuen ezer esaten, nahikoa zuen betaurrekoak garbitzearekin; Irene oraindik dena neurtzen ari zen, isilpean; Mirarik sorbaldak jaso zituen. Gainontzekoek Arantxa zuzen zegoela erabaki zuten aho batez. Erosketak egitera jaitsi ziren. Denak.

Ez zuen inork dantzarik egin.

MONOSEXUALA

Alaznek, Irenek eta Arantxak logela batean egingo zuten lo; mutilek, bestean. Hirugarren logela libre geratuko zen: Imanolen anaiak erabiltzen zuena zen, eta hobe ezer ez ukitzea, zer gerta ere.

Haritz komunean zen bitartean, Alex, Imanol eta Julen zegokien logelan sartu eta motxilak husten hasi ziren.

–Zorte pixka batekin –esan zion Alexek Imanoli– busti egingo duk. Nola begiratzen dian ikusi diat eta...

–Ez duk hori, Alex. Ostia –kexatu zen Imanol–. Zabarregia haiz batzuetan.

–Ja, ja. Zabarregia –Julen ohe gainean etzan zen. Barre egin zuen–. Hire motxilan dauden liburu horiek ikusi ditiat, e!

Imanolek susto-jauzia egin zuen.

–Zer?

–Hire liburuak –bota zion Julenek–: Sexuaren inguruko galderak, Sexu-zalantzak, Maitalerik onena... Zenbat ekarri dituk, ordea?

–Baina... –Imanolek haserre zirudien. Alex begira zegoen, ezer esan gabe–. Kaguendiola, Bronto...! Hik zer uste duk? Zer habil nire motxila irekitzen?

–Et, et, et. Nik ez diat ezer ireki. Ez diat ukitu ere egin. Hemendik ikusten ditiat, hi –gaineratu zion Julenek, Imanolen motxila seinalatuz. Hiruzpalau liburu ikusten ziren gaineko aldean–. Hurrengoan hobeto ezkutatu, ikustea nahi ez baduk.

Imanolen masailak gorri-gorri jarri ziren.

–Bueno, eta zer? Hik ez al dituk horrelakoak irakurtzen?

Julenek lepoa mugitu zuen, ohi zuen moduan, aurrera eta atzera. Brontosauro baten modura edo. Lurrari begira gelditu zen, gogoetatsu.

–Nik, motel, ez diat oraingoz behar: monosexuala nauk.

Alexek eta Imanolek harriduraz begiratu zioten.

–Zer haizela? –galdetu zion Imanolek, entzundakoaz oso seguru ez zegoela–. Homosexuala?

Julenek barre-karkara egin zuen. Alexek lagundu egin zion, lagunak zer esan nahi zuen antzemanda.

–Mono, mono! –argitu zuen Julenek–. Monosexuala nauk. Sexu bakarrekoa. Bakar-bakarrekoa. Ni eta neure buruaren artekoa.

Berriro egin zuten barre. Julenek Imanolen liburuetako bat hartu zuen motxilatik.

–Eta? Zerbait erakusten al dute?

–Liburuek? Egia esan oso errepikakorrak dituk. Behin eta berriz ari dituk berdinarekin.

–Argia erakuts iezaguk –eskatu zion Alexek txantxazale–. Zer esaten dute?

–Galdera mordoa zagok, baina jeneralean errepikatu egiten dituk.

–Adibidez?

–Adibidez…? Ba, zer zakiat ba nik: noiz jo behar den larrua. Edo zein den unerik egokiena…

–Eta? Zer esaten dute, ba?

–Denek gauza bera. Noiz jo behar den? Ba, norberak bere burua prest ikusten duenean.

Julenek liburua orrikatu zuen.

–Bueno. Logikoa ematen dik, ezta?

–Logikoa? –oihukatu zuen Imanolek–. Logikoa? Joder, adarrik ez! Prest prest aspalditik zagok prest neure burua. Arazoa ez da prest egotea, ostia!

AFARIA PRESTATZEN

Egongelan elkartu ziren guztiak.

–Afaltzeko ordua –bota zuen Arantxak–. Nora joango gara?

–Zergatik –proposatu zuen Julenek–, zergatik ez dugu hemen bertan afaltzen? Jatekoa badaukagu ja. Pixka bat freskoago egon gaitezke. Eta merkeagoa irtengo litzaiguke.

Merkeago. Ikasleen poltsikoentzat aukera aski interesgarria. Imanolek, haatik, zalantzak zeuzkan.

–Baldin eta gero dena txukun-txukun uzten badugu.

–Lasai. Garbituko diagu eta –lasaitu zuen Julenek–. Ei, nik, nahi baduzue behintzat, kristoren patata-tortilla egiten dut. Patatak erosi ditugu, arrautzak ere bai... Nahi duzue?

Ez zen beste proposamenik izan.

–Julen –esan zion Arantxak–, sukaldea zurea da.

–Ea, ba: arrautzak, patatak... Gazta ere erosi dugu, ezta? Arrautza dozena bakarra hartu al dugu?

–Bai. Azkena zen. Ez zegoen besterik –argitu zion Irenek–. Bihar erosiko dugu gehiago.

–Berdin da. Nahikoa izango da horrekin.

Julenek bere saltsan zirudien. Berekiko, ordea, uste baino larriago zegoela konturatu zen. Hippy txiki horren begiradak harrapatua zeukan. Mirari. Mirarik tira egiten zion. Sukaldetik irten zen mutila. Besteak, gehienak behintzat, egongelan zeuden telebista ikusten. Haritz apal bateko liburuak aztertzen; Alex balkoian, bertan zegoen teleskopio batekin kuxkuxean... Aurre-aurrean ikusi zuen Mirari, telebistari begira. Kolore biziko ile-zinta zeukan buruan. Isilik zegoen. Lotsatuta, ziurrenik. Gehienen modura. Mirarik Julenen soaldia sumatu zuen bere gainean. Kuriositatez itzuli zion begirada.

Julen bere buruarekin borrokan hasi zen. Aurrean zeukan. Bera zegoen gertuena. Zergatik ez laguntza eskatu, besterik gabe egingo balu bezala? Ez al zion, baina, inork antzemango? Ez al zion Alexek edo beste baten batek barre egingo? Hasperen ozena atera zitzaion. Pikutara dena! Egin zezatela nahi zutena.

–Aizu, Mirari.
–Zer?
–Mirari zara, ezta?
–Bai, bai: Mirari.
–Lagunduko al didazu?

Mirarik despistatuta bezala begiratu zion; ahalke puntu batez.

–Zer?
–Afaria egiten. Lagunduko al didazun.
–A –ingurura begiratu zuen, galdu antzean. Jaikitzen hasi zen–. Bai, bai. Noski.

Sukaldera joan ziren biak.

–Azkarrago egingo dugu horrela.
–Bai, egia da –konturatu zen Mirari–. Bakarrik utzi zaitugu hemen.
–Neuk bidali zaituztet, azken batean. Baina hobeto pentsatu dut.
–Bai. Ekarri patata batzuk. Zuritu egingo ditut.

Mirarik harrituta begiratu zion mutilari, zeharka. Lehendabiziko unean ez zuen oso gustura hartu Julenen laguntza eskea. Izan ere Alex balkoian zegoen, teleskopioarekin entretenitua eta bere munduan galduta, baina begien bistan. Eta neskak nahiago zuen hura ikusten egotea. Isilean begiratu besterik ez zuela egingo ondo jakin arren.

–Zu Julen zara, ezta?

–Bai.

–Jendeak Bronto esaten omen dizu, ezta? Ez al zaizu inporta?

Galdetu orduko damutu zen Mirari. Sarritan esaten zioten kontuz ibiltzeko galderak eta iruzkinak egiterakoan; bere lañotasunean, eta nahigabe bazen ere, takateko mingarriak botatzen zituela.

–Joño. Zuzena zara, e?

Mirari dena gorritu zen.

–Barkatu, barkatu, ez nuen hori esan nahi... Nahi gabe...

–Lasai neska. Ez da ezer. Benetan. Hasiera batean bai, haserretzen nintzen, baina denborarekin ohitu egin naiz. Konturatu naiz jendeak, maltzurkeriagatik baino gehiago, ohituragatik edo utzikeriagatik egiten dituela gauzak. Eta gauza hauek guk ematen diegun garrantzia baizik ez dutela.

–Barkatu.

–Ez duela inporta.

Zartaginera hurreratu zen Julen. Euri-jasa hotsa ateratzen zuen tortillak.

–Buelta eman behar diot.

Plater handi bat hartu, eta zartagina estali zuen.

–Aizu, Julen... ez al da hobe izango harraska gainean egitea? Oso tortilla handia da –aholkatu zion Mirarik, galdetu bainoago–. Badaezpada.

Julen begira gelditu zitzaion une batez. Sukaldari plantak egitea ondo zegoen, baina... Burua mugituz baiezkoa egin zion mutilak azkenean. Neskak arrazoi zuen.

Harraska aldera joan zen. Platerarekin estali zuen berriro zartagina. Platerak irrist egin zuen.

–Et, et, et! –oihukatu zuen Julenek. Dantza ero eta korapilatsu bati ekin zion platera, tortilla eta zartaginarekin: kanpora, barrura, kanpora, barrura...

Blaust.

–Kaka.

Tortilla maltzurra, hegaldi labur eta aldrebes baten ondoren, harraskan lurreratu zen.

–Berez ondo ateratzen zait –hasi zen Julen, supituki gorri-gorri eginda, aberia hura justifikatu nahian–. Benetan –jarraitu zuen mutilak, batera eta bestera begira, zer egin ez zekiela.

–Okerrena da ez dagoela beste arrautzarik –gogoratu zuen Mirarik. Ile-xerlo bat kendu zuen kopetatik.

Mutilaren nahasmenduak hunkitu egin zuen. Mirarik, begiak erditxiz, erabaki bat hartu zuen.

–Ekarri –esan zion.

Juleni platera eskuetatik kendu eta, hatz batez ahoa estaliz, isilik egoteko agindu zion. Platera tortillaren azpitik pasatu, eta zartaginera itzuli zuen.

–Baina…

–Xxxxx! Ixo.

Tortilla sutara itzultzean, ordea, espero ez zuten beste osagai bat aurkitu zuten zartaginean.

–Eta hau? –harritu zen Julen.

–Lasai. Konponduko dugu –esan zuen Mirarik, Juleni isilik jarraitzeko adieraziz.

KONFIANTZA HARTZEN

Mahaian eseri, tortilla moztu eta jaten hasi, dena bat izan zen.

–Hi, ona zagok –esan zuen Alexek–. Bai. Bueno, beharbada piperrak gustu arraroa dik. Baina ona, e! Ona, bai.

Julenek eta Mirarik begirada azkarra trukatu zuten. Ez zuten ezer esan.

–Egia –onartu zuen Alaznek–. Esku ona daukazu, Julen. Piperrak umelduta-edo egongo ziren, agian. Baina hori ez da zure errua. Tortilla primeran dago.

–Eskerrik… eskerrik asko –zezeldu zuen Julenek, deseroso.

Afaltzen jarraitu zuten. Sortutako elkarrizketek gero eta absurdo gutxiago gordetzen zuten. Gero eta gehiago jasotzen zituzten begiak plateretatik, gero eta gehiago egiten zuten topo besteen begiekin. Solasaldia erosoago bilakatu zen.

Barre egiten hasi ziren.

Irenek nabarmentzen hasi nahi zuen, eta bere ile gorria askatu zuen; Imanolek irribarre egiten zion, noizean behin, Alazneri; Julen gauza bera egiten saiatzen zen Mirarirekin.

GARBITUKO DUT NIK

Platerak garbitzeko txandak egitea erabaki zuten. Imanolek ez zuen hurrengo egunerako utzi nahi, ondo baitzekien, koipea lehortuz gero, lana izango zutela hura kentzen.

–Binakako txandak egin ditzakegu –proposatu zuen Imanolek–. Afaria Mirarik eta Julenek egin dute. Garbitu, adibidez… Alaznek eta nik egin dezakegu. Bai? –Alaznek baietz adierazi zion buruaz–. Bihar beste batzuek egin beharko dute.

Horrela egitea onartu zuten.

–Jaitsi zaitezte guk garbitu bitartean –oihukatu zien Imanolek besteei, sukaldera sartuz. Alazne atzetik joan zitzaion–. Berehala harrapatuko zaituztegu.

Alazne harraskan zeuden platerak mugitzen hasi zen, zerbait aurkitu nahian.

–Aizak, Imanol, ez al zagok espartzurik?

–Espartzua?

–Bai. Ez al zagok?

–Ba, hor zegoela uste dinat.

–Non?

–Hortxe, harraskan. Utzi. Beharbada harraska azpiko zera horretan…

–Gu bagoaz –esan zuen Mirarik, sukaldera sartuz. Julen haren atzetik azaldu zen–. Zer ari zara harraska azpian sartuta?

–Espartzua. Ez dugula aurkitzen –esan zuen Imanolek–. Ba, lepoa egingo nuke harraskan zegoela.

Mirarik buelta hartu zuen, kanpora irteteko. Julen herrestatu zuen berarekin.

–Goazen –esan zion neskak. Eta sukaldekoei–: Moldatuko zarete. Gu behera goaz, e?

–Uste dut esan egin behar… –atea itxi aurretik ere hasi zitzaion Julen.

–Ixo! –eten zuen Mirarik, bat-batean barrez lehertuta–. Espartzu izpi batzuk jateagatik ez da inor hilko eta!

NEKATUTA NAGOK

Anbulantzia baten sirena soinuak estali zituen, une batez, harraskako iturriaren eta plateren hotsak. Kristala kristalaren kontra, zipriztinak eta –nola demontre?– xaboi apur bat begian.

Alazne eta Imanol garbitu eta garbitu ari ziren. Bakarrik zeuden. Hitz egiten zuten, baina ez zioten elkarri begiratzen.

–Oso etxe polita zaukak hire anaiak –esan zion Alaznek.

–Polita ez zakinat. Baina bazaukan. Horrexekin konformatuko ninduken.

–Bai.

Alaznek platerak-eta pasatzen zizkion, banan-banan. Lantzean behin, ia konturatu ere gabe, bien hatzak ukitu egiten ziren.

–Azkenerako, egia esan, nekatuta nagon –azaldu zuen Imanolek.

–Garbitzeagatik?

–Ez, ez. Goizean goiz jaiki naun eta. Eta egun osoan gora eta behera ibilita, nik uste.

Baso batek eskuetatik alde egin zion Alazneri. Airean harrapatu zuen, erori aurretik. Harraskan utzi zuen. Geldi egon zen, pixka batean, basoari begira bezala. Gero txorrota itxi zuen. Imanolen begiak bilatu zituen. Ez zituen aurkitu.

–Nahi baduk bertan geldi gaitezkek. Ni ere ez nabilek nire onenean, egia esateko. Neka-neka eginda nagok.

–Bueno, ez zakinat. Hemen gelditzea ere... –Imanol ez zen ausartu neskaren begietan trabatzen. Irribarre labur bezain neutroa atera zitzaion mutilari.

Isilunea.

–Auskalo non dabiltzan besteak –bota zuen Alaznek, mututasun deseroso hura apurtzearren. Azken basoa garbitu ondoren, eskuak sukaldeko trapuarekin lehortu eta lehortu ari zen, bestelako urratsik nola eman ez zekiela.

–Auskalo. Aurkituko ditinagu.

Mutila sukaldeko ate parean zegoen. Alazne hurbildu egin zitzaion.

–Bai. Seguru aurkitzen ditugula –lurrari begira gelditu zen, indarra biltzen bezala–. Baina oso nekatuta baldin bahago…

–Bueno. Nekatuta bai, baina…

–Lasai. Nahi baduk hirekin geratuko nauk.

–Ez din merezi…

–Ez zaidak inporta –eten zion berriro–. Benetan. Nahiago nikek, kasik, tabernetan sartu beharrik ez banu. Nahiko denbora egiten diat taberna zuloan.

–Jesus. Beharra beharra…

–Ulertzen didak, jope. Kalera irtenez gero, zein da aukera?

–Honbre, pasiera ere joan gintezken. Edo zinera, edo…

Sukaldeko mahai gainean jarri zen Alazne, nekatu antzean.

–Bai, bai –esan zuen–. Baina besteekin irtenez gero…

–Ja. Besteengana joanez gero, tabernaz taberna amaituko dinagu.

–Horregatik.

Irribarre urduria egin zioten elkarri: Alazne, agian, estu zegoelako; Imanol, beharbada, zerbait gertatzen zela edo gerta zitekeela sumatzen hasia zelako. Gero eta garbiago ari zen ikusten mutila haren guztiaren nondik norakoa. Gero eta garbiago, Alazneren ustezko mezua. Ez zen batere lasai sentitu. Zer egin behar zuen? Zer nahi zuen? Edo zenbateraino ausartzen zen?

Arriskutsuegia zen etxean geratzea.

–Eta pasiera laburra egingo bagenu? –proposatu zion Imanolek.

–Pasiera? –sorbaldak jaso zituen Alaznek–. Ondo.

Kalera irten ziren.

–Paseo Berri aldera? –galdetu zion neskak.

Isilik abiatu ziren.

–Besteak agian gure zain egongo ditun –esan zuen mutilak.

–Besteak, honezkero, gutaz ahaztu dituk.

Barre urduria egin zuten.

–Bai, hori ziurrago.

MUSUAK KOMUNEAN

Zigarro kea, foku-argiak, mozkor-jendea, tzunda-tzunda musika. Nahastua eta aldrebestua. Dantek irudikatutako infernuaren imitazio nabar eta malkarra.

Lagunak taberna barruan zeuden, milaka zonbiren artean zonbi. Gorputz alderraien mareak lagun taldea fisionatu zuen, zartaturiko uranio-bonba bezala. Julenek eta Haritzek osatzen zuten minitaldeetako bat.

–Julen, arraro samar habil gaur –kezkatu zitzaion Haritz. Ozenki hitz egin behar zuen, musikaren gainetik ulergarri izateko. Betaurrekoak guztiz lurrunduta zeuzkan. Tankera xelebrea ematen zion horrek. Bere zorionerako, zeukan tamaina zela eta, ez zuten hain erraz mugitzen batera eta bestera, Julen ez bezala–. Julen! Erditan ez diguk kasurik egiten.

–E?

–Joder, Julen. Jaitsiko al haiz, behingoz?

–A. Bai, bai.

Julenek Mirariri begira zeraman gau osoa. Zeharka, zuzenean, edozein ispilutako islen bitartez. Harekin egon nahiko zukeen. Zerbait esan.

–Non ote daude Alazne eta Imanol? –galdetu zuen Haritzek, oihuka. Betaurrekoen lurruna garbitzen ahalegindu zen–. Joder, orain ere txoritegian. Julen, ostia, lurreratu behar al duk, edo zer?

–Zer? –alboko tipo baten dantza suharregiaren ukondokadak kalimotxo erdia bota zion–. Kaka. A. Bai, joder, bai: Alazne eta Imanol. Auskalo. Jakintzak non dabiltzan.

Zer egin zezakeen? Bazekien. Julenek ondo zekien zer egin zezakeen. Joan egin behar zuen. Derrigorrean. Edanda zegoen. Baina edanda errazago oldartzen zen bestelakoetan ausartuko ez zena egiten. Tamalgarria.

Huraxe zegoen, ordea, eta ondo zekien. Sasi-ausardia etilikoa aprobetxatu behar zuen.

Taberna iluna zen, baina Julenek ondo zainduta zeukan Mirari. Arantxarekin hitz egiten ari zen une horretan.

–Hau duk hau beroa eta itomena –azaldu zuen Haritzek, garrasika, eta betaurrekoak berriro lurrunduta–. Nolatan etortzen da jendea honelako lekuetara? Julen...? Julen!

Julenek Mirari komun aldera joaten ikusi zuenean, ezertan pentsatu aurretik abiatu zen haren atzetik, ezkutuko sokaren batek eramana bezala. Ez zion bere buruari birritan hausnartzeko astirik eman nahi. Nahiko lan zuen bestela ere.

–Barka ezak, Haritz. Txiza egitera joan beharra diat.

Mirari. Alaia eta patxadatsua. Hippy itxurako txikitxoa, ile beltzarana, begi marroiak eta ameslari arima. Mirarirekin hitz egiteko aukerarik izango balu bederen, Arantxa, Irene eta besteak aurrean egon gabe...

Mirari jadanik sartua zen komunean. Julenek komuneko kanpoko atea ireki zuen. Bi pertsona aurkitu zituen itxarongela moduko hartan: Mirari bera, eta ezagutzen ez zuen beste mutil bat.

–Epa –agurtu zuen Julenek Mirari, bekainak pixka bat igoz. Bere aurpegia ikusi gabe ere, lelo antzean egin zuela jokatuko zukeen mutilak. Hain urduri jartzen zen... Neskak irribarre txiki batez itzuli zion agurra.

Hainbeste itxaron zuen unea izan zitekeen hura, baina Julen hormaren kontra jarri, eta zer esan ez zekiela geratu zen. "Hik ez pentsatu ezertan", gogoratu zuen gomendatu ziola Alexek. "Zeozer bururatuko zaik aurrean duanean". Ostia bururatzen zitzaion, ba!

Une horretan bertan ireki zen komuneko ateetako bat. Alex irten zen bertatik. Aurreko mutilak apenas utzi zion irteteko denbora.

–Bazen ordua! Eztanda egin behar nuela uste nian! –oihukatu zuen, ziztuan sartuz.

–Segiok motel, segiok –bota zion Alexek. Orduan ikusi zuen Julen–. Joño, Bronto! Ba al dakik zein...? –une horretan konturatu zen Mirari ere hor zegoela. Atoan isildu zen–. Hara. Denok komunean bildu garela ematen du.

–Ja –onartu zion Mirarik–. Hori dirudi.

Sorbaldan jarri zion eskua Juleni.

–Bueno, ba, utzi egingo zaituztet. Besteekin joango nauk –begi-keinua egin zion Juleni, eta irtetean atximurka ipurdian–. Bo, Bronto, oraintxe arte.

Julenek jauzi txiki bat egin zuen atximurkadagatik.

–Bai.

Mirari eta bera gelditu ziren itxarongela txiki hartan.

–Aizu, Mirari, lehen ez dizkizut eskerrak eman tortillaren kontuagatik...

–Eman dizkidazu.

Mutilak ahoa zabaldu zuen. Segituan itxi zuen. Zerbait esan nahi zuen, baina bururatzen zitzaion edozeri, ahoskatu aurretik ere, tontakeria hutsa irizten zion.

Eta ez zuen esaten.

Oraintxe ahoa zabaldu, oraintxe itxi, oraintxe zabaldu, oraintxe itxi. Arraina zirudien, konturatu zen Mirari. Ez zion, ordea, ezer aipatu, horrela egotearen zergatiaren errezeloa izan baitzuen. Neskak berak apurtu zuen mututasuna azkenean.

–Festa giro ederra, ezta?

–Bai. Egunero errepikatu beharko genuke –itoka esan zuen Julenek. Ez zitzaion gustatu bere hitzen doinu presati eta urduria.

Mutil batek burua sartu zuen kanpotik. Ez zen sartu.

Berriz bakarrik. Julen eta Mirari. Mirari eta Julen. Bakarrik eta isilik.

Burua jaso zuen neskak. Ile-xerlo xelebrea zuen bekoki aurrean zintzilik. Ia begiak estaltzen zizkion. Juleni begira gelditu zen une batez. Zerbait ikusten zuen mutilaren begiradaren hondoan, distira bitxi moduko bat. Kuriositatez begiratu zion. Hori besterik ez. Kuriositatez. Julenek ez zuen ondo interpretatu. Aurrera egin zuen.

Dena ala ezer ez.

–Julen –esan zion Mirarik irribarre urduri batez, esku bat altxatuz eta atzera eginez, Julen musukatzen hasi zitzaionean.

Beste komuneko atea ireki zen orduan. Neska bat irten zen barrutik, eta bien artean pasa zen. Sudurra igurzten ari zen eta begiak galduta zituen, auskalo zer sartu ondoren. Elkarri begira gelditu ziren Julen eta Mirari.

–Mirari…

–Komunera joan beharra dut –bota zion Mirarik arrapaladan, eta barrurantz egin zuen, artega. Atea itxi zuen.

Julen lurrean sustraiturik bezala gelditu zen.

Ezer ez.

"Kaka puta", oihukatu zuen bere baitarako. Ostikoa jo zion hormari. Eta orain? Zer egin behar zuen orain? Dena izorratu zuen, antza. Ez zen batere ondo sentitu. Izugarrizko beroa sumatu zuen aurpegian. Ezin zuen Mirari irten bitartean zain egon. Ezingo zuen jasan.

Lotsa.

Nahasmena.

Kanpora joan zen, tabernako gorputz dantzariak nola edo hala saihestuz eta esprintean kasik. Txokoren batean egingo zuen pixa.

Airea behar zuen.

BORROKA

Borrokak bete-betean harrapatu zituen.

Alaznek eta Imanolek ez zuten ikusi ere egin, gainean izan zuten arte. Kantoi baten beste aldean, jiratu eta ostiaka eta ostikoka azaldu zitzaizkien, aurre-aurrean, tipo haiek.

Ez zien ezertarako astirik eman. Bi gazte bakarrik ziren hasieran. Bakoitzaren koadrilakoak haiek banatzera joan eta, konturatzerako, batek muturrekoa eman, besteak bueltatu, eta guztiak eztanda egin zuen. Denak denen kontra.

Furfuria.

Itsukeria.

Ostiak leku guztietatik.

Azkarregia izan zen dena. Eta Alazne eta Imanol erdi-erdian.

Lurra amorruz estali zen. Amorru burrunbatsua eta zorrotza. Amorru hordia eta hordigarria. Gorroto-aurpegi itsuen artetik, besoen eta hanken nahastean, muturrean jaso zuen Imanolek ukabilkada galdu bat; Alaznek lurrean amaitu zuen, trabatuta. Imanolek besotik heldu zion neskari, eta nola edo hala irten ziren handik.

Alaznek Imanol besarkatu zuen, izututa. Urrundu egin ziren.

–Jo –murmurikatu zuen neskak, ahotsa aztoratuta–. A ze beldurra. Ondo al zaude?

–Bai.

–Odola daukazu ezpainetan.

–Utzi, utzi –haserre zegoen bere buruarekin, ospa baino ezer hoberik, kementsuagorik egin ez zuelako. Neskak zapi bat pasatu zion, odola garbitzeko. Hori bai, hartu zuen Imanolek–. Eskerrik asko.

–Hor ere odola daukazu. Garbi ezazu.

Imanol ez zen hasieran konturatu. Ez kontzienteki, bederen. Alegia, Alazne, lehen ez bezala, zuka ari zitzaiola.

Gauak, apurka, berez izan zezakeen isil antzeko tonua berreskuratu zuen. Alaznek Imanolen besoari helduta jarraitzen zuen. Imanol ez zen askatu. Ez zen ausartzen eta ez zuen nahi.

–Nonbaitera joan nahi al duzu? –galdetu zion neskak. Imanolek sorbaldak jaso zituen–. Urgulleko eserlekuen bista oso ederra da. Gauean batik bat. Baina ez dakit joan nahi dudan. Kristoren sustoa hartu dut.

Imanol isilik gelditu zen pixka batean. Zer ezkutatzen zen Alazneren hitzen azpian? Neskak, aurrez aurre jarri eta zapla bota zion:

–Etxera itzultzea gaizki iruditzen zaizu?

–Etxera?

–Bai.

–Ordu laurdena ez da izango irten garela –kalkulatu zuen mutilak. Zer esan nahi zion Alaznek? Zerbait esan nahi zion?–. Gaizki zaude?

–Gaizki? Ez da hori. Edo... ez dakit. Nahiko ezuste izan dut gaur. Lasaiago egongo garela iruditu zait.

–Lasaiago.

–Bai. Lasaiago.

Etxerako bidea hartu zuten. Alazneren besoak Imanolenari heltzen zion oraindik.

–Zerbait galdetu behar dizut gainera –jakinarazi zion neskak. Beste aldera begira zegoen, aurpegiko gorritasuna ezkutatu nahian.

–Zerbait galdetu?

–Bai.

–Zer?

–Ez. Han esango dizut –agertu zion Alaznek.

–Etxean?

–Etxean, bai.

–Eta hemen ezin duzu galdetu.

–Ez. Etxean.

–Etxean. Bale.

ETXERA JOAN BEHAR DUT

Julenek infiniturantz begira eman zuen denboralditxoa. Mirarirekin berriro topo egin zuenean, neskak ez zion ezer esan; ezer gertatu ez balitz bezala jokatu zuen. Aukera hobe baten zain egon beharko zuela konturatu zen Julen.

Ez zuen luze itxaron behar izan, ordea.

–Izebaren etxera noa –jakinarazi zuen Mirarik, ia garrasika. Tabernako musikak ez zuen beste aukerarik uzten.

–Dagoeneko? –harritu zen Irene–. Zer ordu da, ba?

–Goiz joango nintzela agindu zionat. Eta gainera nekatuta nagon –ile-xerloa kendu zuen aurpegitik–. Bihar arte, ba. Azalduko naiz pisura.

Julen dardara ezkutatu nahian zebilen, aurrera edo atzera egin erabaki beharrez bezala. Beste neskak Mirariri laguntzea eskaintzera zihoazela antzeman zionean, pauso bat eman zuen.

Aurrera.

Dena ala ezer ez berriro.

–Mirari, nahi duzu laguntzea? –eskaini zitzaion, hitzak ezaxolaz tindatzen ahaleginduz. Justifikazio bat azaldu nahi izan zuen–: Burrunba honekin buruko mina hasi zait... Aire pixka bat beharko nuke.

–Ez daukazu egin beharrik –esan zion Mirarik.

Arantxak eta Irenek begirada azkarra trukatu zuten. Hori berria zen. Eta garbi zuten esaten zena baino gehiago zegoela tartean.

–Lagunduko dizut –tematu zen Julen–. Ez zait axola.

Mirarik ileko zinta kendu zuen. Ilea ordenatu, eta berriro kokatu zuen.

–Nahi duzun bezala.

Tabernatik irten ziren.

–Hemendik da –jakinarazi zion Mirarik, besteak, pixka bat aurreratuz eta nora joan ez zekiela, okerreko bidea hartu zuenean.

Isilik joan ziren pixka batean.

–Mirari –oldartu zen azkenean mutila. Ziztuan jarraitu zuen–. Lehen... pasatu egin naizela uste dut eta...

Isiltzeko eskatu zion Mirarik, hatz bat ezpainetan jarriz eta ez zuela inporta esanez bezala.

–Ahaztuta dago.

–Benetan esaten dizut...

–Nik ere bai, Julen. Benetan ari natzaizu.

Beste metro batzuk egin zituzten hitzik egin gabe.

–Isila zara... edo isilik zaude? –galdetu zion Julenek.

Mirari besoak gurutzatuta zihoan. Babes moduan, seguruenik.

–Nahasita. Hori bakarrik.

Ibilaldi geldo-mutuarekin jarraitu zuten. Hurbil zegoen ibaiaren marmarra entzun zezakeen Julenek. Zuhaitz batzuk ikusi zituen ilaran. Haize bolada gogor batek haien adarrak astindu zituen. Adats eroak iruditu zitzaizkion mutilari, biziak eta askatuak. Medusaren suge-ilea balitz bezala.

–Agian nirea izan da errua –entzun zion Mirariri.

Julenek ez zuen lehenbizikoan ulertu. Mirariren begiek argi izpi distiratsua igorri zuten ezustean. Segituan itzali ziren, berriro pizteko. Katuei gaueko itzalpetan gertatzen zaien moduan.

–Zatoz! –oihukatu zion Mirarik itsumustuan.

Mutilari eskutik helduz, zuhaitzen aldera eraman zuen korrika. Hantxe bertan zegoen ibaia: iluna, lasaia. Julenek jarraitu besterik ezin izan zion egin, zertan ari zen ulertu ezinik. Enbor baten kontra gelditu zen neska, arnasestuka, eta sustraiei begira.

–Musu bat eman nahi al didazu?

Mutila mututurik geratu zen. Neskaren begietan ez zen komun barruan ikusi zion lotsa haren aztarnarik azaltzen.

Zain zeuden. Begiak zain zeuden.

Apustua egina zegoen.

Mutilak baietz egin zion buruarekin.

–Bai.

Neskak eskutik heldu zion; apur bat erakarri zuen berarengana. Ezpainak ukitu egin ziren. Ukitu bakarrik.

Segundo bat ere ez.

Neskak albo batera egin zuen bat-batean, bananduz.

–Goazen!

Eskutik heldu zion, berriro, eta aurreko espaloira joan zen lasterka. Gelditu egin zen han, eta eskua askatu. Pasierarekin jarraitu zuen. Ezer pasatu ez balitz bezala.

Mutila guztiz txunditua zegoen. Ez zekien zer pentsatu. Zer zen hura guztia, ordea? Berehalako musu bat? Zerbait esan nahi zuen? Zer egin asmatu ezinik zegoen.

"Hau da hau ostia", pentsatu zuen, nahasirik, bere kolkorako. "Zertan gelditzen gara?"

Metro bateko distantziara zihoazen orain. Mirari ez zen gehiago hurreratzen eta Julenek ez zekien zer egin. Ile-xerlo kizkurra hamaikagarren aldiz erori zitzaion aurpegira Mirariri. Putz egin zuen, erditik kendu nahian. Pfff! Apenas mugitu zen. Pfff! Alferrik zen. Esku batez kendu zuen azkenean, etsirik.

–Ilea moztu behar dut.

ZANGALATRABA

Eskutik helduta iritsi ziren etxera Imanol eta Alazne.

–Aizu, Alazne, zergatik egiten didazu orain zuka? –neskak toka utzi zuenean, mutila ere zukara pasatu zen, baina konturatu gabe hasieran. Ohartu berria zen.

Alazne sofan eseri zen. Mutilaren eskua askatu zuen horretarako.

–Ez dakit. Samurragoa iruditzen zait. Besteekin ere zuka egin dut.

–Besteak ez zenituen ezagutzen.

–Zakarregia egiten zait orain. Nahiago dut hola –eskutik heldu zion berriro–. Ez bazaizu inporta.

–Ez, ez –Imanol neskaren alboan eseri zen–. Eta aurrekoari dagokionez, zein galdera zeneukan esan behar didazu.

–Bai –Alaznek arnasa hartu zuen. Behin. Birritan. Arreta handienaz aztertu zituen sofako marrazkiak–. Egundoko lotsa ematen dit. Dexenteko tratua daukat zurekin... Dexenteko konfiantza.

Konfiantza? Nora zihoan hura, ordea?

–Bota lasai, neska. Esan esan behar duzuna. Hain larria al da?

–Tontakeria bat iruditzuko zaizu. Seguru.

–Esan, orduan.

Irribarre egin nahi izan zuen Alaznek. Burua jaso zuen, zerbait erabakiz bezala. Berriro jaitsi zuen, eta bigarren aldiz jaso zuen berehala.

Bat-batean jaiki eta mutilaren izterren gainean eseri zen, zangalatraba. Imanolek ez zuen halakorik espero, eta ez zuen mugimendu txikiena egiteko denborarik izan. Begiak zabal-zabalik geratzeko besterik ez.

–Barkatu –esan zion Alaznek–. Gera naiteke... horrela pixka batean?

Imanolen aurpegiak txundidura nabaria ageri zuen.

–Bueno...

–Bale –Alazneren masailak gorritu egin ziren ostera–. Galdera bat egin behar dizut...

–Galdera bat. Ja. Esan duzu lehen.

–Nahi ez baduzu ez erantzun.

–Galdera bat.

–Galdera bat –errepikatu zuen neskak–. Seguruenez tuntuna naizela pentsatuko duzu...

–Esan, behingoz.

–Aizu... Zer... edo zenbat... –arnasestuka ari zen–. Zenbat behar da... mutil bati... gogortzeko?

–Zer?

SONIA ETA MADDI

Irenek hirugarren aldiz harrotu zuen ile gorri luzea.

Pixka bat kostatu zitzaion hitz egiten hastea. Ordura arte Arantxa izan zen nagusi mutilekin solasean. Baina Irene zelatan zegoen. Esperoan.

Ile gorria harrotu zuen beste behin.

Bere nahasgarrienean zegoen, eta bazekien. Baina Haritz serioegia eta lotsatiegia zen, eta ez zitzaion gehiegi interesatzen. Eta Alexek ez zion jaramon izpirik egiten. Kezkatzen hasita zegoen. Gainera, taberna guztiak gainezka zeudela zirudien, eta horrela ez zen batere erraza berak nahi zuenarekin hitz egitea.

–Arantxa, zer demontre du horrek? –Irenek Alex seinalatu zion.

–Horrek? Buf. Ematen duenez suak hartutako mundua behar din bizirik dagoela sentitzeko. Beltzaran hari bota zion begia.

–Nori?

–Hari. Txanpon-makinaren kontra dagoenari.

–Elastiko berdea daukana?

–Huraxe.

–Eta hik nola dakin?

Arantxak sorbaldak jaso zituen.

–Nire sen maskulinoa izango dun –esan zuen barrez.

Txanpon-makinaren kontra zegoen beltzaranak Sonia zuen izena. Alex berarengana joan zen eta berehala atera zuen lagun artetik. Aukera gutxiago uzten zion horrela taldeak indartzen zuen hipokrisiari. Maskarak zailagoak ziren jartzen. Eta jolasa zuzenagoa zen.

–Sonia zara, orduan? –neskak baietz adierazi zion–. Aupa. Ni Alex. Oso begirada interesgarria daukazu.

Beste egoera batean, beste pertsonaren batekin, barre egingo zukeen Soniak –bazekien lotsagabea izaten izan behar zuenean–. Barre egin eta ziurrenik popatik hartzera bidali. Edo jolasean hasi. Kaskamotz hark, ordea, zerbait zeukan. Txantxetan ari ez zelako aura modukoa edo. Besoan tatuaturik zeraman pirata-banderari begira geratu zen neska. Baina ez zen hori. Alexek begietan zeraman benetako tatuajea. Kainen estigma suz zizelkaturik eramango balu bezala.

Soniak begirada jaisten baizik ez zuen asmatu.

–Eskerrik asko.

Segundo gutxi behar izan zituen erabakitzeko mutil hura ezagutu nahi zuela.

Jende asko zebilen inguruan. Amets franko. Begiraden gudarostea. Bere barne-katalogoko irribarre atseginenak eta alaienak jalgitzen saiatu zen Sonia, hitz egiten hastearekin batera. Alex zurrun geratu zen bat-batean. Dardara labur bat izan zuen. Segundo bat izan zen. Ia dardara hautemanezina.

Baina Soniak antzeman egin zuen.

–Zer duzu? Serio jarri zara bat-batean.

Alexi bekozkoa ilundu zitzaion. Hotzikara bortitz batek zeharkatu zion bizkarrezurra. Ez zekien zer zen. Sentsazio berezia. Arriskua? Ez, arriskua ez. Zerbait sotilagoa zen. Hontzaren ulu iluna bezalakoa, gauean eta argirik gabe. Senak adi egotera bultzatu zuen. Zelatan. Badaezpada.

–Ez da ezer –hala ere, batera eta bestera begiratzen hasi zen, ahal besteko disimuluz. Ez zuen nahi neskak nabaritzerik–. Zer ari zinen?

Begirada bat ari zitzaion bueltaka barnean, ohartu zen Alex. Eguzkiari zuzenean so egiten zaionean bezala, eta gero, beste edonora begiratuta, haren irudia ikusten denean. Horrela ari zitzaion begirada hura; itsutu berri zuen argi-eztanda baten moduan. Orain ia seguru zegoen. Soniarekin solasean ari zela izandako begirada gurutzatze bat izan zen. Beste norbaitekin izandako begirada gurutzatzea. Norekin, ordea?

Sentsazio arraroa zen. Doinu urruna zekarkiona. Eta doinua ezaguna zen.

–Aizu, Alex, ez zara entzuten ari –Soniaren begirada zorrotza zen–. Aspertu egiten zaitut.

–Barkatu... –ez zen neskaren izenarekin oroitu.

–Sonia.

–Barkatu, Sonia. Pixka bat zorabiatuta nago.

–Gaizki zaude? Kanpora irten nahi duzu?

–Laga, laga. Ja hobeto nago.

–Zurbilago zaudela iruditzen zait, ba.

–Hobeto nago.

Berriro sentitu zuen hotzikara hura. Bortitzago, orain.

–Alex?

Orduan ikusi zuen. Han aurrean, buru-ozeano baten atzean. Zutabearen alboan. Begi haiek. Begi haiek ziren hozkirri xelebre eta barrenkorra sorrarazi ziotenak. Hantxe zeukan begiradaren jabea. Berari begira-begira.

–Zeren bila zabiltza? Alex! –oihukatu zion Soniak, mutilak entzun ere ez ziola egiten ikustean. Eskuak estutu egin zitzaizkion, nahi gabe–. Uste dut lagunengana noala. Alex! –jaramonik ez–. Lagunekin noa.

–Bai –begiratu gabe esan zion Alexek. Axolako ez balitzaio bezala.

Soniak ez zuen atzera begiratu urruntzean. "Zergatik amaitu behar dut beti tipo izorranteenekin?", oihukatzen zuen berekiko.

Alex zutabe ingurua aztertzen ari zen. Katu begiak zituen, konturatu zen; ile zuri luzea. Pixka bat kostatu zitzaion neska ezagutzea, baina hura zen, zalantzarik gabe: putetxera joan aurretik ikusi zuen ile zuriduna. "Egunen batean egongo gaituk. Baina goiz duk oraindik" esan ziona. Nola zuen izena...? Maddi! Maddi zen.

Emakumeak irribarre egin zion. Alexek zuzenean egin zuen harengana.

Jendeak aurrera eta atzera bultzatzen zuen, musika ozenaren erritmoan. Ukondokada pare bat partitu behar izan zuen aurreratzeko. Ile zuridunaren begirada galdu zuen. Berdin zitzaion; zutabea ondo ikus zezakeen, eta haren ondoan zegoen neska. Harea mugikorretan igeri ari balitz bezala ireki zuen bidea.

Zutabea, azkenean. Baina zutabearen ondoan, inor ez. Non zegoen neska? Ingurua aztertu zuen. Ezer ez. Birritan pentsatu gabe, jauzi egin eta zutabea besarkatu zuen, lurretik metro batera edo. Non zegoen? Ez zuen ikusten. Soniaren haserrearekin eta Haritz eta beste lagunen begiradekin baizik ez zuen egin topo.

Irteeran! Tabernatik irteten ikusi zuen ile zuriduna. Harantz abiatu zen.

–Ile zuridun neska bat ikusi al duk? –galdetu zion kanpoko ate alboan zegoen mutil bati. Berehala konturatu zen hark, gainean zeramanarekin, ez zuela ezer askorik ikusten.

–Hi, Alex, ondo al hago? –Haritz zen, tabernatik irteten. Arantxa eta Irene zituen atzean.

–Ile zuridun neska bat ikusi al duzue? –galdetu zien.

–Ile zuriduna? –harritu zen Arantxa.

–Berriro ilezuria? –Haritzek putetxe egunekoa gogoratu zuen.

–Ikusi al duzue?

Ez zuen inork ikusi.

–Bigarren aldia duk. Berarekin hitz egin nahi diat –azaldu zuen Alexek, batera eta bestera begira, bila. Zorabioa izan zuen, bat-batean. Belauna tolestu egin zitzaion. Belauniko geratu zen, lurrean.

–Alex, ondo al hago? –galdetu zion Haritzek. Jaikitzen lagundu zion.

–Bai, bai –ingurura begira jarraitzen zuen–. Neska hori…

–Tira, Alex. Gera zaitez gurekin –eskatu zion Irenek–. Neska bat gehiago edo gutxiago…

–Oraintxe naun. Ondoko kalera noan begiratzera.

–Hartu ezazu lasai. Ikusiko duzu hurrengo batean.

Alexek irribarre egin zuen. Irribarre abaildua. Nekatua.

–Memento mori!

Abiatu egin zen.

–Zer esan du? –galdetu zuen Irenek.

–Bere ohiko esaldi horietako bat –azaldu zion Haritzek–. Gogoratu hiltzera zoazela-edo. Errenazimentuko esaeretako bat. Alexek askotan botatzen ditu horrelakoak.

–Ez banaiz segituan azaltzen –oihukatu zuen Alexek, urrunetik–, ez egon nire zain. Itzuliko naiz bakarrik!

ZENBAT BEHAR DEN

Alaznek Imanolen izter gainean jarraitzen zuen, zangalatraba.

–Zenbat behar den –ia ahapeka errepikatu zuen neskak–. Gogortzeko.

–Gogortzeko –hizkuntza ezezagun bateko hitza balitz bezala ahoskatu zuen Imanolek.

–Barkatu horrela galdetzea, baina… Ez nekien. Ez nekien eta ez naiz sekula galdetzera ausartu. Zurekin… zurekin konfiantza dut. Eta jakitea gustatuko litzaidake…

Alazne isilik geratu zen, erantzun baten zain bezala. Mutilak zerbait esan behar zuela konturatu zen. Izerdi tanta bat ikusi zion kopetan behera.

–Egia esan ez dakit nola erantzun horri. Ez dakit nola hasi ere.

–Esan dizut: ez baduzu erantzun nahi, ez erantzun.

–Suposatzen dut, gainera –jarraitu zuen Imanolek–, pertsona bakoitza ezberdina izango dela. Ez dakit besteek…

–Ez duzu erantzun nahi.

–Ez ez. Ez da hori. Baina… zer da zehazki jakin nahi duzuna?

–Ba, hori: zenbat behar duzuen… gogortzeko.

–Gertatzen dena da, suposatzen dut… –izerdi tantak masaila zeharkatu zion. Neskak ezpaineko zauria hatz batez laztandu zion–. Gertatzen dena da horrek ez daukala erantzun… zehatzik. Nolako eguna duzun, nola zauden… Batzuetan, espero ez duzunean; eta beste batzuetan, berriz, ezta… ezta nahita ere.

–Nahiz eta neska gustukoa izan?

–Nahiz eta zure amets lizunenen jainkosa aurrean izan! –burua mugitu zuen, batera eta bestera–. Baina ez da ohikoena. Normalean ez du askorik behar. Normalean behar baino gutxiago behar du –korapilatu zen–. Bueno… hau… sasoiko dago. Eta espero horrela jarraitzea! Entrenatu ondo entrenatzen dut eta.

Alazneri barre-karkara atera zitzaion. Pixka bat lasaitu zen egoera.

–Bueno. Gero ere –jarraitu zuen Imanolek–, urduritasuna dago. Edo, pentsatzen dut, ondo geratzeko nahia. Edo beldurra.

Beste zenbait segundo egin zituzten mutu.

–Eta orain? –galdetu zuen Alaznek, azkenik.

–Orain?

–Orain... ba al duzun –begirada pikaroa zeukan Alaznek. Lehengoko bera zen berriro.

–Tente.

–Bai –mutilari hurbildu zitzaion. Musu leun bat eman zion ezpainetan.

–Atx! –kexatu zen Imanol. Ezpaina majo lehertuta zeukan barrualdetik. Dezente mingarria izan zitzaion–. Oi-oi-oi.

–Ai, barkatu –irribarrez esan zion neskak–. Musurik gabe geratuko zara, orduan. Baina ez didazu erantzun.

–Zer?

–Tente?

–Bueno –irribarrea atera zitzaion Imanoli ere–. Zu horrela gainean izanda... Zer uste duzu?

Neskak sabairantz begiratu zuen, teoria sakon bat erditzear balego bezala.

–Uste... uste... –barre egin zuen berriro–. Hor azpiko hori bultzaka ari da, irten nahian.

Imanol isildu egin zen, lotsagorrituz.

–Ateratzea... nahi duzu?

Alaznek listua irentsi zuen. Begietara begiratu zion, zuzenean. Beldurra irakurri zuen.

Elkar besarkatu zuten.

ILE-XERLOA

–Ilea moztu behar dut —errepikatu zuen Mirarik.

–Ez ezazu moztu.

Esaterako damutu zen Julen, eta ez zen azalpen edo arrazoi gehiago ematera oldartu. Izan ere, tonuak traizionatu zuen. Tonuak berez esatera ausartzen zen baino gehiago adierazi zuen.

Mirariren begirada hezetu egin zen bat-batean, sekula entzundako gauzarik samurrena esan baliote bezala. Eta ez zuen ulertzen. Julen ez zitzaion interesgarria iruditu. Ez zitzaion sekula interesatu izan. Zergatik sentitzen zuen samurtasun korronte antzeko hura barnean? Zergatik utzi zion etxera laguntzen? Eta musua? Zergatik atera zitzaion ibai alboan emandako musu hura? Listua irentsi eta azkarrago kliskatu zituen begiak. Ez zuen nahi mutila ohar zedin. Ez zion ezer aipatuko.

–Ez dut moztuko.

Julenek ezin zituen begiak lurretik jaso. Orain berak zirudien erabat nahasita. Irribarre labur bat egiten asmatu zuen. Ez zuten tontakeriez baizik hitz egin Mirariren etxera iritsi bitartean.

–Hauxe da izebaren etxea –geldi geratu zen.

–A. Ba, itzuli egin beharko dut –une batez itxaroten gelditu zen Julen, neskak zer esango zain. Badaezpada edo.

–Julen.

–Zer?

–Beste musu bat eman nahi didazu?

Ezpainak ukitu orduko banatu zen Mirari.

–Nahikoa da. Oraingoz.

Atarira sartu zen.

Julenek ez zekien oraindik zer pentsatu; ez zekien zer pentsa zezakeen ere. Alde Zahar alderako bidea hartu zuen, baina ibai parera iristean, Mirarik lehen musu hura –hain laburra, hain sarkorra– eman zion lekurantz desbideratu zen, ia konturatu ere gabe. Lurrean eseri zen, zuhaitz haren aurrean. Minutu batzuk igaro zituen horrela. Mirari ez zitzaiola gustatzen erabaki nahi izan zuen. Ez zela batere eroso sentitzen harekin zegoenean; arraroegia zela; asaldagarriegia. Baina gero ile-xerlo hura zegoen, bere aurpegian jolasean. Ile-xerlo puta hura…

Eta galduta zegoela jakin zuen.

MARRANTAK JOA

Irene haserrearen eta etsialdiaren artean zegoen. Zer gertatzen zen? Zer gertatzen zitzaion? Ez zuen oso go-

gokoa ezezkoa –nork du?–, eta ez zegoen oso ohitua arbuioak jasatera.

–Nekatzen hasita nagon –esan zion Arantxari–. Uste dinat laster itzuliko naizela.

–Pairamen eskasekoa haiz, e? Ai, hik ere Alex nahi huen –aurpegiratu zion Arantxak, irrikor. Ingurura begiratu zuen–. Non da Haritz?

Haritz txolindutik gora zegoen. Ez zekien zenbatgarren kalimotxoa zeraman jada. Imanol eta Julen falta ziren, Alex auskalo nora alde eginda... Zer geratzen zitzaion, edariari lotzea ez bazen? Ze, Arantxarekin eta Irenerekin ez zen preseski bapo sentitzen. Barra aldera jo zuen; beste kalimotxo bat behar zuen.

–Zer zara, hemengoa? –entzun zuen Haritzek. Norbait berarekin ari zela iruditu zitzaion. Marrantak jota zegoen norbait. Betaurrekoak lurrunduta, ez zuen ostiarik ikusten. Baina haiek kentzea edo garbitzea ez zuela merezi erabaki zuen, antzera ikusiko baitzuen horrela ere: ezer gutxi.

–Zer?

–Hemengoa al zaren. Ez zaitut sekula ikusi –erantzun zion berriro marrantak jotako ahotsak. Haritzek esku bat sumatu zuen sorbaldan. Une hartan martxan zituen neurona eskasak, oztopoak oztopo, lanean hasi zitzaizkion. Urduritzen hasi zen.

–Ez, ez naiz hemengoa.

–Nik bai esan... Mutiko handia zara benetan, e? –Haritzek bigarren esku bat nabaritu zuen beste sorbaldan. Fereka bat masailean–. Indartsua. Eta guapoa

–mozkorra amen batean moztu zitzaion Haritzi. Betaurrekoak garbitu zituen.

–Hi mutila haiz, ezta? –lortu zuen zezeltzea.

–Hara, hara. Eta? –Haritzi dantza eginarazten saiatu zen ahotsaren jabea, baina hiru ateko armairua mugitzea bezalakoa izan zitzaion: ezinezkoa–. Ea, dolce vita, gazte. Goza dezagun!

Haritzek kristoren beroa sentitu zuen. Gorputz osoan. Gero lotsatik beldurrerako bidea kurritu zuen. Handik alde egin nahi zuen. Desagertu. Eta ez zen mugitzera ausartzen. Non zegoen mundua?

–Haritz? –Arantxaren ahotsa zen–. Haritz, non sartu haiz?

Haritzek ez zion erantzun. Katatoniak jota bezala zegoen.

–Haritz! Lurreratu mesedez... –jarraitu zuen Arantxak.

–Ezagutzen al dun? –galdetu zion Haritzekin zegoen mutilak, desengainua hartuta bezala. Arantxak irribarre egin zuen.

–Ezagutu? Pixka bat. Mutila diat –musu azkarra eman zion ezpainetan–. Baina gaur pasatu egin duk likidoarekin eta pentsatzen ari nauk ez ote dugun moztu beharko...

–Joño, joño –marrantak hartutako mutila banandu egin zen apur bat–. Barka ezan, neska. Ez nekinan...

–Lasai. Ez zagok arazorik. Ez, Haritz?

Haritzek nahasita bezala begiratu zion.

–Ez, ez!

–Dena dela –esan zuen beste mutilak–, moztearena egia baldin bada, abisatu, bale?

Arantxak barre egin zuen.

–Bale.

Arantxa eta Haritz Irene zegoen lekura itzuli ziren.

–Eskerrik asko –murmurikatu zion Haritzek Arantxari–. Ez… ez nago ohituta.

–Ja. Urrutitik dena nahasita ikusi zaitut. Eta zu salbatzea erabaki dut.

–Ba hori, eskerrik asko.

Arantxak begi-keinu bat egin zion.

–Bat zor didazu.

OHEAN, BIKOTE BAT

Alaznek ohera joan nahi al zuen galdetu zionean, Imanolen buruan hamaika borroka gertatu ziren behingoan. Joan nahi zuen –nahiko ez zuen, ba–. Baina beldur zen. Beldurrak areagotutako beldurrak paralizaturik uzten zuen. Alazne zenbait mutilekin ibilia zen. Esperientzia zeukan. Berak ez. Ezin zuen hori burutik kendu. Egia esango zion? Ez zuen ezer esango? Honezkero, gainera, majo antzemango ziola suposatzen zuen.

Anaiaren gelara joan ziren. Aldez aurretik ez zuen gela hori ukitu ere egin nahi, badaezpada. Baina porkulo hartzera. Horrelako aukerak ez ziren egunero izaten. Txukun-txukun utziko zuten dena gero.

Neskak gerrikoa askatu zionean konturatu zen hura guztia benetan ari zela gertatzen, eta gaia serio samarra zela; zerbait gerta zitekeela. Biak arroparik gabe gelditu zirenean, irakurritako liburu guztietako aholkuak gogoratzen ahalegindu zen –jolas bezala hartzea; desmitifikatzea; hartzea eta ematea; eta hitz egitea, batik bat, hitz egitea–. "Utzi eramaten". Erraza balitz bezala! Ezer ez zekiela pentsatu zuen; ezjakin osoa zela. Teoria ugari, baina praktikan zero.

Alazneren bizkarra laztandu zuen, arkeologo batek galdutako hiri bateko altxorra laztanduko zukeen era berean. Gorputz osoa laztandu zion, poliki, oso poliki. Neska gustura zegoen eta berak denbora behar zuen.

"Altxa hadi, Joxe Mari", oihukatu zuen Imanolek bere baitarako, larritzen hasita. Hainbeste urte zain, ezin zion orduantxe huts egin! "Gora, Joxe Mari. Gora". Zer gertatzen zitzaion?

Alazneren arnasa sakondu egin zen.

–Imanol, nahi duzu aurrera egitea? –galdetu zion neskak. Imanolek ezin zuen ezetz esan. Bere burua saltzea izango litzateke.

–Zuk nahi al duzu? –zezeldu zuen mutilak.

Alaznek irribarre atsegina egin zion. Garbi zegoen baietz.

–Ba al daukazu kondoirik eskura?

Ostia puta. Kondoiak. Ez zegoen atzera bueltarik.

–Bai. Motxilan.

Jaiki egin zen, eta alboko gelatik motxila ekarri. Bitxi sentitu zen, biluzik, ilunantzean, Alazneren aurrean zer eta kondoiak bilatzen. Lotsak jota zegoela ohartu zen. Kaxa osoa aurkitu zuen. Hamabi kondoi. Baina ez zituen guztiak aterako, ezta? Zer pentsatu behar zuen Alaznek? Perbertitu bat zela? Areago oraindik: hamabi ikusi, eta ez ote zuen ba pentsatuko guztiak erabiltzeko asmoa zeukanik? Kaxa zabaldu eta bi bakarrik atera zituen. Dardara pixka bat sumatu zuen eskuan. Ohean etzan zen jarraian.

Kondoi bat hartu, eta zorrotik atera zuen. Teoria guztia ezagutzen zuen. Etxean ere zenbaitetan jarduna zen kondoia jartzen, badaezpada. Baina Joxe Mari puta horrek bere horretan jarraitzen zuen, burumakur eta lurrari begira –samurra, biguna... pattal!–. Horrela ezin zen gauza handirik lortu. Listua irentsi zuen, estuturik. Ez zen, ba, inpotentea izango? Beharbada bakarrik zegoela ez, baina neska batekin jarduteko garaian, benetako orduan, poto galanta egingo zuen.

–Uste dut... Uste dut hoztu-edo egin naizela –atera zitzaion, justifikazio gisa.

–Xxxxx –isiltzeko eskatu zion Alaznek–. Ez dago presarik. Zu lasai.

Bai, ostiak lasai. Hori esaten bazion izango zen egia antzeman zuelako: inpotentea zen! Joder, ez. Hori ez. “Itsua, tontoa, burusoila... Edozein gauza. Baina inpotentea ez, faborez. Inpotentea ez!”

–Xxxxx. Lasai –Alazne gainean etzan zitzaion. Begiak itxi zizkion esku batez. Leun mugitzen hasi zen, kateme txiki bat bezala. Imanolek kondoia eskuan zeukan oraindik.

–Alazne...

–Xxxxx.

Imanol geldi-geldi geratu zen. Alazneren hankartea berearen gainean zegoen. Zenbait minutu egin zituzten horrela. Poliki. Samur. Joxe Mari bizirik zegoela sentitzen hasi zen halako batean. Ez zuen zirkinik egin. Neskak mugitzen jarraitu zuen. Emeki. Ezti. Imanolek sentsazio biziagoak antzeman zituen. Lasaigarriagoak.

Bat-batean, ezustea.

–Barruan nago –atera zitzaion Imanoli, hipnotizaturik balego bezala–. Barruan nago?

Joder. Barruan zegoen, jabetu zen Imanol. Horixe zegoela barruan! Neskaren deskuidua edo nahita eginda, hori ez zekien, baina txilibitua barruan zen.

Alaznek irribarre egin zion. Musuka hasi zitzaion. Imanol ez zen orduan apenas konturatu ezpaineko minarekin. Neskak kondoia hartu zion eskutik. Zorroa zabaldu, pixka bat atzera egin, eta, kontu handiz, preserbatiboa jarri zion. Zangalatraba jarri zitzaion berriro mutilari. Segundo gutxi batzuk egin zituen gero sartzen ezin asmaturik edo. Imanoli ez mugitzeko keinua egin zion –ez zen mugitu–. Azkenean, lortu zuen. Beste behin etzan zitzaion gainean. Astiro-astiro hasi zen mugitzen.

Mutila ez zegoen guztiz bare. Eta azkarregi isurtzen bazuen? Edo isurtzeko gai ez bazen? Eta Joxe Mari ez bazen ondo portatzen? Eta...? Baina nahiko azkar ahaztu zituen kontu horiek. Ondoegi zegoen.

Barneko kilima antzekoak sumatu zituen mutilak. Ia ezustean harrapatu zuten. Eztanda egin zuen. Alazne musuka hasi zitzaion, eta indarrez besarkatzen, lehen baino gehiago.

Amaitu ondoren ere, denbora luzea egin zuten besarkatuta, irribarrez eta isilean. Berriro jardun zuten. Alazneren gorputza aingira baten modura mugitzen zen, kateme hunkibera baten dardarizoekin. Imanolek ezin izango zituen ahaztu neskaren kulunkak eta bibrazio eztiak, haren irribarre barea eta baregarria –amabirjina bat ematen zuela esan zionean, egia-egiatan zioen–, haren aieneak eta hasperenak. Mundua eskuetan izatea bezala izan zen mutilarentzat.

Horrela hartu zituen loak.

TXIRRINA

Txirrinak esnatu zuen Imanol. Berriro entzun zuen.

–Kaka.

Hirugarren aldiz jo zuen.

–Bale, ostia, bale!

Alazne gainean zeukan oraindik. Seko lo. Kontu handiz, alboan jarri zuen. Jaiki egin zen, zonbi antzean. Interfonoa hartu zuen.

–Bai? –galdetu zuen, oraindik lo zegoen ahotsez.

–Imanol?

–Bai.

–Ireki, gu gara.

Isilunea.

–Gu, Imanol –errepikatu zion, barrezka, Irenek–: Irene, Arantxa, Haritz…

–A. Barkatu. Lo nengoen.

Irekitzeko botoia sakatu, etxeko atea zabalik utzi, eta ohera itzuli zen. Ez zeukan haiekin hitz egiteko gogorik. Ulertuko zuten.

NON EGON ZARELA?

Eguerdiko hamabiak.

Imanolek zabaldu zituen begiak aurrena. Gorputz bat besarkatzen zuela konturatzean, irribarre egin zuen: Alazne zeukan alboan. Lo zegoela, etzanda, hain zurbila, ahoa apur bat irekita, neska ikaragarri ederra iruditu zitzaion.

Gaua gogoratu zuen, irribarretsu. Alazne aztertu zuen: lozorroan zegoen. Musu eman zion masailean. Jaiki egin zen.

Ezpainak ukitu zituen, mina nabaritzean. Handituta zeuzkan.

Mutilen logelara joan zen. Julen eta Haritz zeuden han, bat ohean, bestea lurrean, koltxoneta baten gainean. Pertsianak igo zituen, zarata ateraz, eta leihoa zabaldu zuen.

–Esnatzeko ordua dugu! –oihukatu zien–. Ea ba!

Besteen begiek mundurako bidea hartu zuten, eta zabalduz joan ziren pixkanaka.

–Non da Alex? –galdetu zuen Imanolek. Begiak igurtzi zituen–. Alde egin al du ja?

–Aaaaa! Alex? Bfff –Julenek nagiak atera zituen basatiki. Begi bat berriro itxi zitzaion.

Haritzek sorbaldak jaso zituen. Ez zekien.

–Ez al da bueltatu? –harritu zen. Kalparrekin borrokan ari zen, jaitsi nahian.

–Ba, ezetz ematen dik –esan zuen Imanolek–. Bua, auskalo non dabilen. Edozein lekutan.

–Hi, Imanol, zer gertatu zaik ezpainetan? –galdetu zion Julenek, jaikiz. Trufari jarraitu zuen–. Zer... Bai?

–Ez hadi lerdoa izan.

–Horren sutsua izan al duk?

–Ez duk ezer. Kolpe tonto bat hartu nuela. Besterik ez.

–Bale, bale, hi. Ez kontatu, nahi ez baduk. Heuk ikusi. Baina hurrengo mozkorraldian aterako diat –Julenek leihotik begiratu eta zerua aztertu zuen, irekita zeukan begi bakarraz–. Eguraldi ona zatorrek gaur. Neskak jaiki al dira?

–Seguruenez. Zarata entzuten dela ematen dik –esan zion Haritzek. Satorra zirudien, esnatu berritan eta betaurrekorik gabe.

Beheko txirrina entzun zuten.

–Txirrina? –harritu zen Julen.

–Alex –suposatu zuen Imanolek.

–Bai?

–Nor izango da, bestela?

Imanol joan zen. Interfonoko botoia sakatu, eta etxeko atea zabalik utzi zuen. Irene eta Arantxa aurkitu zituen sukaldean, esnea berotzen. Begiak erdi itxita zeuzkaten.

–Alex –jakinarazi zien.

–Azkar jaiki da –esan zuen Arantxak, sukaldeko erlojuari begira.

–Bueno, erretiratu ere ez da egin.

–Ez al da erretiratu?

–Ba... ez, itxuraz.

Ireneren begiak pixka bat zabaldu ziren. Irribarrez ari ziren.

–Aizu, Imanol –aurpegi pikaroa zeukan–. Eta Alazne? Ze, gure gelan ez zegoen...

Imanol gorritu egin zen.

–A, bueno. Alazne. Nirekin... Biok...

–Ja –esan zuen Irenek, barreari eutsiz–. Zure ohean lekua zegoela eta... Bertara eramatea erabaki zenuen.

–Bueno...

Imanolen lasaitasunerako, kaleko atearen ixte hotsak eten zuen elkarrizketa. Alex azaldu zen sukaldera. Poltsa bat zeraman.

–Egunon! Pasta batzuk ekarri dizkizuet, gosaltzeko.

–Hara, estimatuta dago –eskertu zion Arantxak. Alexen piura aztertu zuen–. Ei, Alex, non ibili zara? Txerri eginda zaude.

–Bueno. Hortik zehar.

–Orain arte? –Alexek ez zion erantzun–. Ez al duzu lorik egin?

–Zeozer. Baina orain gehixeago egin beharko niken –logelako bidea hartu zuen.

–Alex –deitu zion Imanolek, atzetik irtenez–. Hi, Alex, non ibili haiz?

Alexek irribarre egin zuen. Samin tonua zeukan.

–Eliza batean.

Egongelara sartu eta atea itxi zuen.

–Eliza batean? –galdetu zion Irenek, sukaldetik, Imanoli–. Eliza batean esan al du?

–Bai.

–Eliza batean –errepikatu zuen Irenek, txunditu antzean–. Eta zer egiten zuen, ba, eliza batean?

–Alexek oso gogoko ditu elizak.

–Ez adarrik jo, faborez –kexatu zitzaion Arantxa–. Ez goizeko ordu hauetan. Horrek, elizak?

–Benetan. Askotan joaten da elizak-eta ikustera. Ez da oso… oso elizkoia ere. Ez da hori. Baina elizen barruan gustura egoten omen da. Sarritan, beste herri batzuetara joaten garenean, bertako elizak ikustera alde egiten du. Edo kanposantuak.

–To pitzadura! –oihukatu zuen Irenek, sinetsi ezinik–. Baina zergatik? Ez dut ulertzen.

Imanolek sorbaldak jaso zituen.

–Galdetu berari.

Mamu bat sartu zen sukaldean. Alazne zen, kamisoi zuri-luze batez jantzita. Esnatu berri-berritan.

–Iepa –ogro ahotsa atera zitzaion. Eztula egin zuen eztarria garbitzeko–. Egin al dituzue dutxarako txandak?

Irenek eta Arantxak elkarri begiratu zioten.

–Sar hadi hi lehenengo, Alazne –esan zion Arantxak–. Oraindik ez dinagu berogailua piztu, baina tira, hik ez dun preseski dutxa berorik behar. Ezta?

Alaznek segundo batzuk behar izan zituen informazioa prozesatzeko.

–Aaaaa –irribarrea atera zitzaion–. Lerdoa.

Imanolek sukaldeko baldosen orbanak kontatzeari ekin zion, aurpegiko beroaldia jaisten zitzaion bitartean.

EROSKETAK EGITEN

Julen eta Haritz jaitsi ziren erosketak egitera. Brisa nagia aurkitu zuten kalean, baina ez aurreko egunean bezainbesteko beroa.

Jende mugimendu handia zegoen, batera eta bestera. Zeruak urdina ezkutatzea erabakita zeukan, nonbait, eta pitzadura urre-grisaska antzekoez zegoen jantzia. Marmolezko kupula erraldoia balitz bezala.

–Ez ditiat neskak ulertzen, Haritz –esan zion Julenek. Etxe inguruan ikusi zuten lehenengo janari-dendara sartu ziren bi lagunak.

–Joder. Ederrari esaten diok! –barrez hasi zen–. Hik behintzat Mirarirekin alde egin huen!

–Bai, baina... ez.

–Bai baina bai, Bronto. Han nengoan, ez ahaztu. Etxera lagundu hion.

Jogurt apalei begira geratu zen Julen, burua beste nonbaiten zuela. Gogoetan hasi zen.

–Uste diat hanka sartu nuela. Barruraino.

–Zer egin huen?

–Ez, ez, Haritz. Egin ez. Ez nauk horretaz ari. Bestela ari nauk. Nitaz. Nitaz bakarrik.

–Ez zaik gustatzen eta orain ez haiz atzera egiten ausartzen.

Julenek irribarre egin zuen, lagunaren asmamen bizia ikustean. Jogurt laukote bat hartu zuen eskuetan, pentsakor.

–Ezta, ezta. Edo alderantziz, izatekotan. Izan ere, hor zagok, ba, kakoa. Gehiegi gustatu zaidak.

–Orduan?

–Orduan? Ez nuela nahi. Mirari gustatzen zaidak. Lehenagotik gustatzen zitzaidaan. Baina ez diat txotxolokeriarik nahi. Edo ez nian nahi –zuzendu zuen.

–Hi bai txotxoloa. Ez txorradarik esan. Mirarik zer esaten dik?

–Mirarik? Ezer ez. Ez zian ezer esan. Ezer garbirik ez, behintzat.

–Begira: ni ez nauk aditua gai horretan eta badakik. Hobeto moldatzen nauk liburuekin neska batekin baino. Baina burua galtzen baduk, ba burua galtzen duk. Kitto. Zer inporta dik?

Julenek jogurtak apalean utzi zituen berriro.

–Dena inporta dik, Haritz –aurrera egin zuen–. Dena.

–Agian segituan pasatuko zaik. Agian neska hori ederra besterik ez duk.

Julenek harriduraz begiratu zion.

–Ez zakiat. Baina ea noiz datorren.

–Hara, Julen, lehenago esan bahuen... –Haritzek kanpora seinalatu zuen, erakusleihoaren beste aldean–. Hor zatorrek –eskuekin agur egiten hasi zitzaion–. Mirari!

–Haritz! –oihukatu zion Julenek–. Haritz, ez! Utzi, utzi!

Baina Haritzek ez zion entzuten. Kalera irten zuen deika.

–Mirari!

Mirarik begiratu egin zuen.

–Hara, Haritz –irribarre egin zion. Haritzen atzetik Julen azaldu zen. Mirari serio jarri zen bat-batean–. Julen. Aupa.

Haritzek goitik behera aztertu zuen Mirari, baina ez zuen aurreko egunetik oso desberdin ikusi: hippy traza bera zuen. Hala ere... Haritz ez zegoen oso seguru ere zer aurkitu nahi zuen. Begirada, beharbada? Begirada zerbait aldaturik zeukala iruditu zitzaion. Iheskorragoa-edo.

Julen eta Mirari hitz egiten hasi zirenean, Haritz, pauso batzuk urrundu, eta eskaparateko sardina-lata batzuei begira geratu zen, bere bizitzako gauza interesgarriena bailitzan. Disimuluan, ordea, Mirari aztertzen jarraitzen zuen.

–Besteak ikustera noa, e? –entzun zion Mirariri Haritzek. Neskak alde egin zuen.

Julen neskaren urruntzeari begira geratu zen. Isilik.

–Neska ederra duk –bota zion Haritzek, hurbilduz, eta maisulan bat ikusten ari denaren doinuarekin. Julenek Mirarik utzitako hutsuneari begira jarraitu zuen–. Jatorra ematen dik.

–Zergatik egin dik ihes? –galdetu zuen Julenek. Bere baitarako ari zen.

–Urduri egongo zuan, Bronto. Ni ere jarri nauk eta!

Julenek ezetz zioen buruarekin. Lepoa ohi baino gehiago mugitzen zitzaion oraindik.

–Zer demontre zeukan?

–Urduri egongo zela, ba –errepikatu zion Haritzek–. Eta norbait urduri dagoenean gauza xelebreak egiten ditik.

Denda barrura itzuli ziren, erosketekin jarraitzeko.

–Ikusi al diok kopetako ile-xerlo hori? –galdetu zuen Julenek–. Joder. Neska hori gustatu egiten zaidak. Akabo.

–Akabo zer?

–Akabo ni.

EZ ZIONAT MINIK EGIN NAHI

–Ea ulertzen dudan –esan zuen Alaznek. Mirarirekin zegoen, bazkarirako zain, pisuko balkoian. Urgulleko mendi magala zeukaten aurrean, bidexkez urratua. Haur-tropak eta turista sortak zihoazen gora eta behera. Neskak, ordea, ez ziren haiei begira ari–. Izebaren etxeraino lagundu hinduen, eta han musu txiki bat besterik ez zunan egon.

–Bai.

–Baina ez zain gustatzen.

–Ez –behera begiratu zuen; zerurantz begiratu zuen; begiak itxi zituen–. Ez zakinat.

–Hik jakingo dun, Mirari.

–Esan ninan autobusean. Gustatu Alex gustatzen zaidan. Julen... Julenena ez ninan espero. Ez zidanan gehiegi esaten...

–Atzo arte. Eta orain? Orain gustatzen al zain?

–Ez.

–Ez?

–Ez.

–Nik uste dinat...

–Ez nagon seguru –moztu zion Mirarik.

–Pixka bat?

–Ez nagon batere seguru. Eta ez zionat minik egin nahi.

–Hari... edo heure buruari?

Mirarik kalerantz begiratu zuen. Altzari mordoska zegoen pilatuta beheko espaloian, eta noizean behin norbaitek gehiago ekartzen zituen. Baten bat etxe-aldaketa egiten ari zen.

–Alazne, faborez, ez ni nahastu...

–Hi ari haiz, Mirari. Hi bakar-bakarrik. Erabakiren bat hartu beharko dun.

–Ez dun erraza.

–Ez dun sekula izaten.

Imanolen oihua entzun zuten etxe barrutik.

–Eee! Bazkaria prest dagoela! –Imanol balkoira irten zen–. Bazkaria. Eginda dago.

–Oraintxe goaz –esan zuen Alaznek.

–Zuek ikusi. Haritzek egin du eta, joño, oso itxura ona du. Ez bazarete joaten, Arantxak eta Haritzek berak dena garbi utziko dute –Imanolek barre egin zuen. Albo batera eta bestera begiratu zuen gero. Kopeta zimurtu zuen–. Aizue, Alex ez al zegoen hemen, zuekin?

–Ez. Ez al zegoen, ba, lo?

–Hori uste genuen. Baina ez dago. Uste nuen zuekin egongo zela.

–Ez zuen, ba, berriro alde egingo, ezta? –galdetu zuen Alaznek.

Imanolek hasperen egin zuen.

–Joder. Alex arraroa izan da beti, baina oraingoan bere marka hautsi behar du. Zer demontretan ari da tipoa?

GOZATU SEME-ALABEZ

Arrain-ontzi bat zegoen pisuko sarrera aurreko altzari ilunaren gainean. Nahiko handia zen. Palmondo berdexka bat zeukan gainazalean; hondoan, urperatutako guda-galeoi baten popa. Baina ez zegoen arrainik. "Agian –suposatu zuen Mirarik, arrain-ontziari begira–, Imanolen anaiak beste norbaiti emango zizkion, kanpoan dela zaintzeko."

–Ei –oihukatu zuen Mirarik–. Behera jaitsi behar dut dei bat egitera!

Ireneren burua azaldu zen sukaldeko atetik.

–Nora hoa?

–Behera. Telefono deia egin behar dinat.

–Bazkaldu al dun ja?

–Bai, bai. Bukatu dinat –atea ireki zuen–. Segituan naun!

–Nahi al dun laguntzea?

–Ez. Lasai. Ama gaixo zegonan eta nola dabilen galdetu behar zionat bakarrik. Bost minutu.

–Bost minutu? Hire amak daukan hitzontzikeriarekin?

Mirarik barre egin zuen. Irenek arrazoi zuen.

–Lehenbailehen askatuko naun. Agur!

Atea ixtean arrain-ontziaren irudia etorri zitzaion burura. “Agian –pentsatu zuen, gogoz kontra–, agian arrainak hil egin ziren. Besterik gabe.”

Ez zen ondo sentitu.

Kalean zegoela, telefono-kabina baten bila, Mirarik ez zuen mutila lehendabizikoan ezagutu. Ahotsagatik izan zen. Andre zahar harekin hitz egiten ari zena… ez al zen Alex? Hurbildu egin zitzaion.

–Bi gauza utzi nituen egin gabe –ari zitzaion andrea Alexi. Zarpail haiekin, bistan zen andrea eskalea-edo zela.

–Zein gauza? –Alexek benetan interesaturik zirudien.

–Orain ja berdin da –murtxikatzearen keinua egin zuen bizpahiru aldiz. Ez zeukan kasik hortzik–. Baina ez dira sekula joaten. Ez dira ahazten

–Alex? –Mirari hurbildu egin zitzaion–. Alex, non egon zara?

Alex eta andrea Mirarirengana bueltatu ziren. Andreak goitik behera neurtu zuen etorri berria.

–Zure emaztea? –galdetu zuen.

–Emaztea? –Alexek barre-karkara egin zuen. Mirari albora iritsi zitzaionean, mutilak gerritik heldu zion–. Hara. Bai. Senar-emazteak gara. Nola asmatu duzu?

Alexen eskua gerrian sumatzeak karranpa eragin zion Mirariri. Ez zuen nahi. Ez zuen hori sentitu nahi. Bere eskua jarri zuen, ordea, mutilarenaren gainean. Eta gehiago estutu zitzaion. Baina ez zuen nahi. Ez zuen nahi…

–A –andreak bi eskuak elkartu zituen, eta atseginezko irribarrea egin zuen. Airea murtxikatu zuen, beste behin–. Orain gazteak zarete. Oso polita da. Seme-alabarik ba al daukazue?

–Ez, ez –esan zion Alexek. Mirari isilik zegoen, deseroso–. Oraindik ez.

–Izango dituzue –hortzik gabeko imintzioa egin zuen. Irribarrea, seguruenik–. Gozatu seme-alabez. Gozatu, txikiak direnean. Gozatu, uste baino ASKOZ –oihukatuz esan zuen azkena–, askoz azkarrago haziko zaizkizue. Eta berandu izango da gero. Bilobez hasiko zarete gozatzen denborarekin, eskarmentua hartu eta gero –andrearen begirada hezetu egin zen–. Gero, ihes egiten dute denek.

Aurreko bizitzan zuria izan zitekeen zapia atera zuen andreak –orain zikina besterik ez zen–, eta aurpegia estali zuen harekin. Alde egiteko keinua egin zien gazteei.

–Segi. Segi –ez zuen negarrez ikus zezaten nahi.

Alexek eta Mirarik elkarri begiratu zioten. Joan egin ziren. Alexek besoa kendu zuen neskaren gerritik.

–Senar-emazteak? –galdetu zuen Mirarik–. Zer zen hori?

–Ez zakinat. Alboan hitz egiten hasi zaidan, eta erantzun egin zionat. Pare bat istorio polit kontatu zizkidan.

–Tristea zen.

Alexek sorbaldak altxatu zituen.

–Bizirik zegonan.

Mirari Alexen aurrean geratu zen.

–A, aizu: non ibili zara? Kezkatuta utzi gaituzu, jo. Abisatu gabe alde egin duzu etxetik.

–Ezin ninan han egon.

Alexek beti jotzen zuen hitanora. Mirarik beste erremediorik ez zuen izan.

–Zer duk? –mutila aztertu zuen–. Ez daukak... ez daukak oso itxura ona.

–Imajinatzen dinat, bai –irribarre egiten ahalegindu zen. Aurrera seinalatu zuen–. Eliza horretara nindoanan, andre horrekin topo egin baino lehen.

–A. Hi eta elizak. Zeozer aipatu ditek lehen. Egia da, orduan?

–Zer esan dute?

–Ba, askotan joaten haizela elizetara. Bertan egotera edo. Horrela al da?

Alexek bizkarrari eragin zion.

–Esan dinat lehen ere: eliza horretara nindoanan. Egia izango dun.

–Orain lo egin beharko huke.

Alexek ezetz adierazi zion buruarekin. Elizarako bidea hartu zuen, poliki.

–Nahi al duk laguntzea? –galdetu zion Mirarik–. Inporta zaik?

Mutilak pauso batzuk egin zituen aurrera. Mirari geldi zegoen, erantzun baten zain.

–Nahi dunan bezala.

Mirari alboan jarri zitzaion. Besoan tatuaturik zeraman bandera pirata ukitu zion.

–Zein altxorren bila habil? –galdetu zion, ezti–. Piratak altxor bila ibiltzen zituan beti, ezta?

–Bueno. Baina nire kasuan ez zakinat, ba. Erantzunak, akaso –ihardetsi zion Alexek. Elizan sartu ziren–. Baina ez ditun inon azaltzen.

Elizako atzeko aldean eseri ziren. Ez zegoen beste inor. Soseguz beteriko isiltasuna baizik ez zen entzuten. Alexek gora begiratu zuen, han, harrizko sabaian, zerbait aurkitu nahiko balu bezala. Mirarik, Alex imitatuz, gurutzeria-ganga miatu zuen, zer ikusiko. Ez zion harrizko zer hark, ordea, ezer askorik esan.

–Lasaitu egiten naun hemen –jakinarazi zion Alexek. Hankak eta besoak luzatu zituen, eta sakon hartu zuen arnasa–. Fededuna izango banintz, laostia izango luken –irribarre xuxurlaria egin zuen–. Pasada bat.

Mirarik barre isila egin zuen. Alexen begirada bilatu zuen.

–Fededuna izango bahintz?

–Bai. Laletxe izango luken. Baina hori ezin din norberak hautatu, tamalez. Bestela, ez legoken gaizki.

Mirarik handik lehenbailehen irten behar zuela jakin zuen. Derrepentean. Pentsatu gabe. Alexen tonua zen. Edo hitzak. Edo haren presentzia hutsa. Min handiegia egiten zion.

–Oso bitxia haiz, bahekien? –esan zion neskak.

Alexek begiratu egin zion, azkenean. Mirarik eutsi egin zien begi haiei. Irribarre laburra, lotsatia, egin zien.

–Zer bilatzen duk harri hauetan?

Alexek hasperen egin zuen.

–Ez dun erraza azaltzen. Nik ere ez zaukanat oso garbi. Eliza askotan magia bitxi bat egongo balitz bezala sentitzen dinat. Erdi sakratua, erdi profanoa. Zantzu sekretu antzeko bat. Ezin dinat hobeto azaldu. Sinboloen indarra, agian. Edo agian ez. Ez, ez zakinat, baina ikaragarri erakartzen nain. Eta hori nahi zitenan leku hauek eraiki zituztenek –pixka bat agondu zen egurrezko bankuan. Eskuak buru atzean jarri zituen–. Jainkoaren handitasuna harri bihurtua –burua astindu zuen, liluratuta bezala–. Ez zakinat horregatik den. Baina bai izugarri tiratzen didala. Horma hauek hizkuntza misteriotsu batean ariko balira bezala.

–Hitzik eta ahotsik gabeko hizkuntza?

–Hitzik eta ahotsik gabea? –oihuka esan zuen, ia–. Eraikuntza hauek zizelkatuta zauzkaten beraien letrak, beraien orriak! Liburu irekiak ditun. Harrien hizkuntza bera diten! –lasaitu egin behar zuela konturatu zen Alex. Ahotsa apaldu zuen–. Agian, auskalo, agian gure barneko hizkuntza dun. Entzun nahi izaten ez dugun zer hori.

Neska begira-begira geratu zitzaion berriro. Mirariren begiak zulo beltzak ziren, infinituak, totelak. Urperatuak.

–Oso bitxia haiz. Bai.

Alexen ezusterako, neskak besarkatu egin zuen. Gero musu eman zion.

–Mirari…

Mirarik berriro eman zion musu. Neskaren arnasa asko biziagotu zen; kontrola galtzen ari zen. Alexek ia zurturik begiratzen zion.

–Mirari…

–Faborez. Faborez –begiak itxi zituen, irtetear zituen malkoak estali nahian–. Bazakiat neska askorekin egongo hintzela…

–Mirari.

–Ni baino hobeak.

Alexek hasperen egin zuen.

–Egia nahi dun?

–Bai! –oihukatu zuen Mirarik. Segituan, lurrera begira geratu zen–. Ez –mutila besarkatu zuen–. Alex, ez ni atzera bota. Faborez.

Alexek eskutik heldu zion.

–Etorri.

Elizako hegal ilunenera joan ziren.

ZEIN OSTIA HAIZ HI?

Imanol eta Alazne kartatan ari ziren sukaldeko mahaian. Irene begira zegoen.

Alboan, harraskan, Arantxa eta Haritz platerak garbitzen. Arantxa, bere txanda zelako. Haritz, Alex ez zelako inondik ageri eta haren ordez egitea onartu zuelako. Ez zen lehen aldia egiten zuena eta ez zen azkena izango. Alexi behin eta berriro errieta egiten zioten arren, ez zuen sekula ikasten. Edo ez zuen ikasi nahi.

Arantxa eta Haritz kontu handiz zebiltzan. Ez zuten deskuidu batean ezer apurtzerik nahi. Ezin zuten egonaldiaren aztarna txikiena ere utzi.

–Julen? –galdetu zuen Haritzek–. Non dago?

–Barruan –jakinarazi zion Alaznek–. Gelan edo.

Haritzek oihu egin zuen.

–Julen, ekarriko al dizkidak betaurrekoak? Gelan utzi ditiat.

–Mmm?

–Betaurrekoak, Julen. Hor gelan egongo dituk.

–Mmm!

–E?

...aiez.

–Zer ari haiz? –galdetu zion Haritzek. Iturria itxi zuen, hobeto entzuteko.

–...Orzaj arbizen ai nauj...!

–Zer?

–...Orzak, oe. Orzak arbizen ai nauj!

–Zoratu egin al da hau?

–Hortzak garbitzen ari dela –interpretatu zion Arantxak barrez.

–I...xoin! –esan zuen Julenek. Gela aldera joan zen, hortzetako eskuila ahoan zuela.

Ezusteko ederra hartu zuen kaleko atea ireki zenean. Batez ere konturatzean han azaldu zen neska ez zuela inondik ezagutzen. Neskari zegokionez ere, ez zuen ematen inor espero zuenik, eta are gutxiago pasilloan eta hortzak garbitzen.

–Ka... kaixo –atera zitzaion neskari.

–Mmm –erantzun zion Julenek, libre zeukan eskua agur gisa jasoz–. Aufa.

Biak elkarri begira gelditu ziren. Geldi. Julenen ezpain artetik hortzetako pasta hasi zen irteten, gainezka egiten duen urtegi bat bezala. Eskua jarri zuen kokots azpian, pasta isurtze lotsagarri hura gelditu nahian.

–Omunea jun ber ut –ahoskatu zuen, nola edo hala.

–A –neskak txundituta jarraitzen zuen.

–Zer duzu? –neskaren bizkarretik zetorren ahotsa–. Sar zaitez.

–Norbait... norbait dago. Mutil bat.

–Mutil bat?

–Hortzak garbitzen.

–Adarra jotzen ari al zara? Mutil bat... hortzak garbitzen?

–Bai.

Danbateko ikaragarria entzun zen atea atzeraino zabaldu eta horma indarrez jo zuenean.

–Zein ostia haiz hi? –oihukatu zuen gizon batek, barrura eginez.

Julenek egundoko sustoa hartu zuen. Eskuak jaso zituen, atxilotu baten antzera. Gutxi falta izan zitzaion hormaren kontra jartzeko, hankak zabalik. Hortzetako pasta, tantaka baino areago, jarioka ari zitzaion ahotik.

–Zer ostia egiten duk hemen? –errepikatu zuen sartu berria zen gizonak.

–...Orzaj arbizen ai nauj...

–Ikusten diat. Hortzak garbitzen! Baina zein ostia haiz? –berarengana joan zen zuzenean, eta ez asmo onenekin.

–Patxi!

Gizonak buelta eman zuen.

–Imanol? –hasieran harriduraz esan zuen, baina nabaria zen laster garaituko zela haserrea. Etxean zeuden beste lagun guztiak Imanolen atzean azaldu ziren. Sartu berria zen gizonak ezin sinetsiz aztertzen zituen guztiak–. Baina, baina...

Patxi Imanolen anaia zen. Eta pisuko jabea. Tximistak botatzen zituen begietatik, egundoko garrasiak ahotik.

–Imanol! Baina hik zer uste duk, ordea? Ez al nian garbi esan? Zer demonio egiten duk hemen?

–Lasai, Patxi –hasi zen berarekin etorritako neska. Imanol seinalatu zuen–. Lasai. Ezagutzen duzu gazte hau?

–Ezagutu? Ezagutuko ez dut, ba! Nire anaia txikia da! –Imanoli begiratu zion–. Eta gauza asko azaldu behar dizkit.

Imanolek listua irentsi zuen. Ederra zeukan gainean. Bizitzaren atea ireki nahi izan zuen, baina...

ate-ertzaren kontra jo zuen, antza. Lagunen estualdia nabari zuen. Anaiaren haserrealdia.

Bat-batean argia egin zen iluntasunean. Imanoli ezusteko bonbillatxo bat piztu zitzaion buruan. Oraindik ere dena salba zezakeela ohartu zen. Hoztasun apur bat besterik ez zuen behar; duintasuna eta potro parea.

–Lasai gaitezen, bai –esan zion anaia zaharrari–. Egiok kasu neska honi… Nola izena duzu?

–Nik? Laura –neskak nahasita ematen zuen.

Patxiren arnasa gehiago azeleratu zen, baina ez zuen ahoa zabaldu: indarren banaketa berria ulertzen hasia zen; eta bera zela xakean zegoena.

–Laura –errepikatu zuen Imanolek–. Ba, pozten naiz. Ni Imanol naiz. Hauek –besteak seinalatu zituen–, nire lagunak dira. Eta zurekin zetorren mutila, nire anaia zaharra.

–Esan du, bai.

–Ondo ezagutzen dugu elkar –anaiari begietara begiratu zion Imanolek–. Ez dugu kasik sekreturik gure artean. Ezta?

Patxik pixka batean pentsatu zuen. Erasotzeko zorian zegoen zezen basatia zirudien. Baina zezenak adarrak kamustuak zituen ordurako.

–Begira, Imanol: oraingoz, barkatu egingo diat. Bi ordu barru itzuliko nauk berriro –esan zion, erabaki bat hartuz–. Entzun? Eta ez diat hire ezer ikusi nahi. Ezta ezertxo ere! Bi ordu. Ospa. Hi eta hire lagunak. Ulertu duk? Bi ordu!

–Bi ordu –onartu zion anaiak.

–Goazen –esan zion Patxik neskari.

–Baina... –hasi zen neska.

–Goazen!

–Bai.

–Agur, Laura –Imanolek.

–Bai, agur.

Atea itxi eta berehala, izerditan hasi zen Imanol. Lagunak isilik zeuden, mugitu edo ez mugitu. Julenek errabia zeukala ematen zuen, aho inguru guztia aparrez gainezka.

–Bueno –oldartu zen Imanol–. Bi ordu dauzkagu. Mugitu egin beharko dugu.

–... Ni arbizea noa... –zezeldu zuen Julenek, bi eskuez hortzetako pastari ezin eutsiz.

–Bai, bai. Segiok –bota zion Imanolek. Irribarre txikia atera zitzaion–. Garbitu hadi.

–Alex falta da –gogoratu zuen Arantxak–. Abisatu egin beharko diogu.

–Mirari ere falta da –jakinarazi zuen Irenek–. Baina laster izango da hemen. Telefono dei bat egitera jaitsi da.

–Ba, Alexen bila joango naiz, nahi baduzue –proposatu zuen Haritzek–. Alde Zaharrean begiratuko dut. Eta Paseo Berri aldean. Ez badut topatzen, ba, zain egon beharko dugu.

–Begira ezak lehenengo hemen inguruko elizetan –aholkatu zion Julenek–. Ondo ez dagoen bakoitzean, holako batean bukatzen dik-eta.

–Konforme. Ei, Imanol –atea irekitzean itzuli zen Haritz. Pentsakor zegoen–. Hire anaiaren neska Alizia zuan, ezta?

–Alizia duk.

–Zer gertatu da hemen, zehazki?

–Ematen duena, Haritz. Ematen duena –Imanolek poltsikoan sartu zituen eskuak–. Hori besterik ez.

SEXUA ELIZAN

Alexek zutabe handi baten atzera eraman zuen Mirari. Hainbat kartoi eta oholtzar zegoen txoko ilun batean bermaturik, eta beste hainbat aurreko haien inguruan, lurrean pilatuta. Alboan, ilunantzean, egurrezko kaxa handi moduko bat. Zenbait puska falta zitzaizkion. Atzeko alde osoa aterata zeukan.

–Obratan egongo ditun –bota zuen Alexek traste haiek guztiak ikustean. Hurbildu egin ziren–. Aitorleku zahar bat ematen du kaxa honek. Etorri.

Kaxaren atzean makurtu zen mutila. Ezkutaleku gisa erabil zezaketen, erabaki zuen. Mundu errealaren aurrean lubaki modura. Lauzpabost kartoi luze hartu, lurrean jarri eta Mirariri haien gainean etzateko adierazi zion.

–Ondo hago horrela?

Eta Mirarik baietz. Bularraldean, eztanda egin behar zioten taupadak sumatu zituen, eta bihotzekoa ematear zegoela sentitu zuen. Gainerakoan? Gainerakoan ondo zegoen.

Mirarik egiten utzi zion. Mutilak alkandora zabaldu zion, poliki, eta bularretakoa kendu.

–Egunen batean Jainkoarekin hitz egiten badut –esan zuen Alexek–, bere diseinuarengatik zoriondu behar dinat –Mirarik harrituta begiratu zion–. Nesken gorputza. Laostiako ederrak zarete. A ze titi parea!

Mirariri barrea atera zitzaion. Alex beragatik pailazoarena egiten ari zela suposatu zuen, lasai zedin.

–Nahi dun hau askatzea? –galdetu zion Alexek. Prakei buruz ari zen. Neskak besarkatu egin zuen.

–Bai.

Alexek prakak erantzi zizkion. Jarraian gauza bera egin zuen bere prakekin, eta gainontzeko arroparekin. Mirarik kuleroak bakarrik zeuzkan; Alexek galtzontziloak. Neska ez zen mugitzera ausartzen.

–Ez zaitez lotsatu –eskatu zion Alexek. Musuka ari zitzaiola, kuleroak jaitsi, eta esku batez izter-barrenak laztandu zizkion–. Lasai, egon lasai.

Neskak ezin izan zuen barrenetik ateratzen zitzaion aldaken mugimendu uhindua ekidin. Mutilak Mirari masturbatzen jarraitu zuen pixka batean. Gero, neska joatear zegoela sumatzean, esku batez laztanekin segitu zuen, eta besteaz, galtzontziloak jaitsi, eta neskaren eskua bere hankartera eraman zuen. Mirarik zakiletik erdi heldu zion. Koadrilako beste neskek esanda, bazekien eskua mugitu behar zuela, gora eta behera-edo, baina ez zegoen seguru, ez zekien nola, eta gainera ez zen ausartzen. Hala ere hobeto heldu zion. Oihu txiki bat atera zitzaion.

–Ai!

–Zer? –galdetu zuen Alexek.

–Hau ez da sartuko!

–Zer?

–Hau… ez duk sartuko –zakilari begira geratu zen neska, pixka bat agonduz. Oraindik helduta zeukan, baina bat-batean askatu egin zuen. Kosk egin ziezaiokeen sugea balitz bezala.

–Ez hadi lotsatu –lasaitu zuen Alexek. Mirarik hatz batez ukitu zion kikirrioa. Segituan kendu zuen eskua. Irribarre urduria atera zitzaion. Berriro ukitu zuen. Alexek jostari begiratzen zion–: Ez lotsatu.

Neskak arnasa hartu zuen, eta berriro heldu zion txilibitutik.

–Ez dun jarraitzea nahi? –galdetu zuen Alexek.

–Ez… Ez duk hori. Ez dela kabituko esan nahi nian.

Alexek irribarre egin zion.

–Ez dun sekula…

–Ez.

–Ez kezkatu. Nahiko neurri estandarra din –barre egin zuen–. Pixka bat bihurria, hori bai. Baina lasai, edozein unetan min hartzen badun, edo gelditu nahi badun, hik abisatu lasai. Hala ere ziurtatzen dinat kabituko dela, nahi badun behintzat. Ikusiko dun.

Mirari berriz etzan zen. Begiak itxi zituen. Musuka eta fereka eman zituzten zenbait minutu. Mirariri ahoa apur bat zabaldu zitzaion; arnasa sakondu. Joatear zen berriro.

–Aurrera egin nahi dun? –galdetu zion Alexek. Buruarekin baietz adierazi zion Mirarik. Ez zituen begiak zabaldu.

Alexek kondoia jantzi eta, poliki, neskaren gainean jarri zen. Pixkanaka joan zen zakila sartzen.

–Ai, ai, ai –kexatu zen Mirari, begiak oraindik itxita.

–Mina?

–Bai.

Alexek atera egin zuen. Pentsakor gelditu zen une batez.

–Lasai –agertu zuen mutilak–. Beste zerbait probatuko dinagu

Neskaren alboan jarri zen. Mirariri eskua sartu eta laztantzen hasi zitzaion.

–Ez –ahoskatu zuen Mirarik, ia ahapeka eta begiak zabalduz.

–Bale. Utzi egingo dinagu.

–Ez, ez –esan zuen Mirarik–. Ez gelditzeko. Berriro saiatzeko. Sartu berriro.

–Seguru?

Seguru zegoen.

–Mina?

–Bai. Baina ez gelditu –Mirarik indarrez itxi zituen begiak–. Sartu da ja?

–Bai. Ondo?

Neskak irribarre egin zuen.

Kartoien kraska hotsak gero eta ozenagoak iruditu zitzaizkien, eta are gehiago elizan zegoen isiltasunaren aldean. Baina berdin zitzaien. Alex poliki mugitzen ahalegindu zen. Poliki eta luzaro. Mirari dardarka eta gorputza astinduz hasi zen arte itxaron zuen. Gero, eramaten utzi zen.

Arnasestuka amaitu zuten biek.

–Zer moduz? –galdetu zuen Alexek.

–Uf. Eskerri asko.

–Ondo hago?

Mirarik Alex besarkatu zuen erantzun gisa. Hankartea aztertu zuen, gero. Odolik ez. Min berezirik ez. Berriz jarduteko gogoa, bai. Baina ez zen eskatzen ausartu.

Jantzi egin ziren.

–Ikusten nola sartu den? –esan zion Alexek. Mirariri barre urduria atera zitzaion.

–Bai –neskaren begiek gauza gehiegi salatzen zuten.

Alexek isilik begiratu zion. Egoera neurtu zuen. Kokotsean jarri zion eskua neskari, eta igo egin zion, begira ziezaion.

–Mirari, ez hadi nirekin maitemindu, entzun? –Mirarik mututurik begiratzen zion–. Min hartuko dun –hitzik ez–. Benetan ari naun. Hoa. Hori izango dun onena.

–Pisura joango nauk. Zeozer esan nahi badidak, han izango nauk –itxaropena zerien hitzei. Itxaropen ahula eta samurra.

Mirarik alde egin zuenean Alex elizako aurreko aldera joan zen. Lurrean etzan, begiak itxi eta sabaiari begira geratu zen, hanka-besoak zabal-zabal eginda. Usaina. Harri usaina; milurteko usaina; bake usaina. Begiak zabaldu eta burua apur bat jaso zuen. Bakardadea baizik ez zuen aurkitu. Estatua bakartiak. Itzal isilak.

Supituki, pauso hotsak.

–Hi Alex –entzun zuen. Pixka bat agondu zenean, harrituta, Haritz zela konturatu zen–, Imanolen anaia pisura azaldu duk. Alde egin behar diagu. Azaldu hadi lehenbailehen bertara.

Haritzek buelta hartu zuen, Alexek ezer esan aurretik, eta elizatik irten zen. Oso serio zihoala iruditu zitzaion Alexi. Haserre antzean.

Alex jaiki egin zen. Uste baino arduratuago zegoen, zergatia garbi ez bazeukan ere.

Buruko minez zegoela konturatu zen.

HAIZEAREN ORRAZIA

Zeruak pintzelada beilexka eta urdinxkak zituen. Itsas brisa epela zen.

–Ideia bat daukat –esan zien Alexek, azaldu bezain laster–. Teorian ez daukagu gaur itzuli beharrik. Lauzpabost egunetarako etorri ginen. Proposamena: gera gaitezen. Gaur behintzat.

–Eta lo? –galdetu zuen Haritzek.

–Gaupasa bategatik ez gaituk hilko. Dena dela, edozein lekutan egin genezake lo. Parkeren batean, nahi baduzue. Edo hondartzan bertan.

Arantxa izan zen lehena baietz esaten.

–Primeran iruditzen zait. Alde ona begiratu beharko genioke pisu gabe geratu izanari: nik behintzat ez dut sekula izarpean lo egin. Niregatik bai.

Irene segituan batu zen. Alazne eta Imanol, begirada azkarra trukatu ondoren. Pixkanaka, baina zortziek onartu zuten azkenean.

–Goazen pasiera –iradoki zuen Arantxak–. Ondo etorriko zaigu.

–Motxilak nonbait uzterik bagenu... –esan zuen Irenek.

Ez zitzaion inori bururatu konsignak existitzen zirenik ere. Haatik, azkar konpondu zuten arazoa. Alboko kalean etxe berri bat ari ziren eraikitzen. Zuloa aurkitu zuten hura babesten zuen alanbre artean, eta zimenduetan ezkutatu zituzten traste guztiak. Zein leku hura baino seguruago?

Haizearen Orrazira joan ziren. Ordubete egin zuten han, itsasoari begira. Olatuen soinuak –Txillidaren eskulturaren erritmo geometrikoak?– magia sorgingarria zeukan. Uhinen errepikapen hipnotikoak lagunen barnearekin bat egin zuen, nolabait, eta kadentzia basati batean murgilarazi zituen. Itsas lamiek jolas-gogo latza zeukaten, eta aurrera eta atzera korrika gozatzeko aukera izan zuten, olatuek aparra zeruratzeari ekin ziotenean.

Alde Zaharrera itzultzea erabaki zuten jarraian, afaltzeko. Hondarretik joan ziren, olatuen erresuma amaitzen zen mugatik bertatik. Zipriztinek blaituta amaitu zuten.

Mirarik ez zekien zer egin, ez baitzegoen seguru zer sentitzen zuen ere. Edo bai. Bizpahiru aldiz hurbildu zitzaion Alexi. Mutila, ordea, leun baina irmoki, urrundu egiten zen. Hotzikarak hotzikaren atzetik sumatzen zituen Mirarik bere baitan, negar egin nahiaren eta urduritasunaren artean noragabetuta. Harean erdi lurperatua zegoen oskol handi bat aurkitu zuen. Higatzen hasita, ertzak janda zeuzkan. Uretara hurbildu, eta garbitu egin zuen. Denborak bere lana egiten zuen, pentsatu zuen neskak. Armadurak urratu egiten ziren. Hala eta guztiz, oskolaren bihotzak, haren koloreak, ildaskek, akatsek edo gogortasunek... Haiek han zirauten. Menderaezin. Zergatik jakin gabe, Alexen irudia etorri zitzaion gogora. Min hartu zuen.

Alderdi Ederren igo ziren gora, paseora. Alexi Alde Zaharraren inguruko jende-mareak ikustea gustatzen zitzaion. Arima ezberdinak. Jendea olatuen melodia bezalakoa zen: errepikakorra, batzuetan; txundigarria, bestetan. Bizia, beti. Jende koloreduna aurkitu zuten eta jende grisa; gazteen algara eta zaharren patxada; giri despistatuak edo gazte mugidazaleak. Eta, nola ez, hango txoko ugariak zipriztintzen eta margotzen zituzten hamaika musikari, margolari edo antzeko artista-kofradia osatzen zuten gainontzeko kide xelebreak. Hiri-etnologia aztertzeko leku aproposenetakoa zen Donostia, zalantzarik gabe. Alexek, puzzle liluragarri haren barneko pieza sarkorrak aztertuz, muinetaraino gozatzen zuen.

Ogitarteko batzuk afaldu ondoren, motxilak obratik atera zituzten –den-dena aurkitu zuten; ez zitzaien ezer falta– eta hondartzara jaitsi ziren izarrak ikustera. Zirkulu moduko bat osatu zuten, elkarren ondoan jarrita eta motxilak burko bezala erabiliz. Goizeko ordu txikiak arte egon ziren kontu-kontari, taldeko adiskidetasuna zigilatzen.

Alex izan zen pixka bat out egon zena. Burua beste nonbait izango balu bezala. Urrunegi edo gertuegi, bere baitan erabat bilduta. Ez han bertan, edozein modutan.

–Ei, Alex, zer daukazu? –galdetu zion Alaznek–. Ondo al zaude?

Alex paseo aldea ari zen aztertzen. Zerbaiti begira balego bezala.

–Alex? –deitu zion Julenek, paseo aldera begiratuz hura ere, lagunak zer ikusi ote zuen jakiteko.

Alex jaiki egin zen tupustean. Lasterka abiatu zen goi aldera.

–Alex? Alex, nora hoa?

Segundo nahasi batzuen ondoren, Imanol eta Arantxa jaiki eta haren atzetik abiatu ziren.

HONDARTZAN LO

Alex oso agudo zihoan. Alderdi Eder osoa zeharkatu, eta Alde Zaharreko kaleetara sartu zen, ziztu bizian.

–E! E! –oihukatu zuen Alexek–. E! Maddi haiz, ezta?

Aurrean zeukan neskak buelta eman zuen eta aurrez aurre gelditu zitzaion. Irribarre egin zuen. Oinez hasi zen berriro. Alex atzetik joan zitzaion.

–Maddi, bai –esan zuen neskak, gelditu gabe. Gero isilik geratu zen. Oso lasai zirudien.

–Zer gertatzen den jakin nahi dinat –esan zion Alexek.

–Ez diat ulertzen.

–Ulertzen didan. Zer dun nirekin?

–Alex! Alex! –Arantxa eta Imanol deika ari zitzaizkion. Alexengana zihoazen korrika.

Maddi zuzen-zuzenean geratu zitzaion begira Alexi; mutilak eutsi egin zion. Neskak irribarre egin zuen, beste behin. Oinez jarraitu zuen.

–Zer zaukaat, ba, hirekin?

–Ez zakinat. Hik esan beharko didan.

Neskak barre gardena egin zuen. Hurrengo izkina hartu zuen.

–Esango banik, ez huke sinetsiko –entzun zion mutilak, izkinaren beste aldetik.

–Egin proba! –oihukatu zion Alexek.

–Alex! –Arantxa eta Imanol alboan jarri zitzaizkion. Imanolek burutik heldu zion–. Alex, ostia! Esango al duk zer demontre duan?

–Utzi, utzi! –Alexek Maddik hartutako izkina aldera egin zuen. Imanolek geldiarazi eta indar handiagoz astindu zion burua.

–Alex! Alex!

–Uzteko! –Alex askatu egin zen eta izkinaren beste aldera begiratu zuen–. Kaka! Non da?

–Zein?

–Ile zuriduna!

–Ile zuridun hori berriro? –galdetu zuen Arantxak.

Alex izerdi hotzetan blai zegoen. Aurpegitik pasatu zituen eskuak, indarra berreskuratu nahian. Belaun batek dantza egin zion une batez. Erortzeko hari-harian egon zen.

–Alex!

–Non da? –galdetu zuen Alexek–. Galdu egingo diat!

–Itxoin –eskatu zion Arantxak–, hortik joan al da?

–Bai –onartu zuen Alexek.

–Joan zaitez beste aldetik –eskatu zion Arantxak Imanoli–. Aurkituko dugu. Ea horrela lasaitzen dugun. Gainera pare bat gauza esan nahi dizkiot neska horri.

Arantxa eta Imanol bila ibili ziren. Alex segituan batu zitzaien. Gaua baizik ez zuten aurkitu, ordea, ordu txiki haietan. Gaua eta gautxori gutxi batzuk. Besterik ez.

–Besteengana itzuli beharko diagu –seinalatu zuen Imanolek–. Hemen ez zagok ile zuridun horren aztarnarik, Alex.

–Bai. Egia duk.

Lotara joan ziren.

Goizean, lo egitea lortu zuten gutxiek bizkarreko--ipurdiko-lepoko minak esnatu zituen.

Denek Alexi begiratu zioten lehendabizi. Alexek itsasoari begira igaro zuen gau osoa.

Begirada galduta zeukan.

(2002. URTEA)

Gainontzekoak interesgarri bihurtzeko edaten dut

Groucho Marx

ERMITA BARRUAN

Astigarribiako ermita barneko argixkek kolore hori motela zuten. Apenas argitzen zuten ezer. Julenek, harriz inguraturiko giro hura ezin zapaltzaileagoa zela iritzi zion, kezkaz. Sartu aurretik, gelditasuna nabari zuen; airea, gasezkoa izan beharrean, altzairuz egindakoa balitz bezala.

Kanpoan, tximista batek zerua argiztatu zuen. Haren jarraian etorri zen trumoiak itzelezko karkara baten taxua izan zuen, latza eta mehatxuzkoa.

Julenek, sarrerako atea zeharkatzean, beste eraikin batekin egin zuen topo. Etxe bat beste etxe baten barruan.

–Zer da hau? –galdetu zuen Julenek harrituta. Mirariren arnasa entzun zuen bizkarrean.

–Ermitaren barruan beste ermita bat dago –azaldu zion Imanolek.

–Bai, ikusten diat. Baina nolatan?

–Bueno. Badirudi garai batean barruko eraikina bakarrik zegoela. Tenplarioek eraikitakoa edo.

–Tenplarioek? –galdetu zuen Mirarik.

–Zaldun Tenplarioek Erdi Aroko ordena erlijioso eta militar bat osatzen zuten –azaldu zuen Imanolek–. Kondaira ugari dago haien inguruan. Dirudienez, aspaldi, Santiago bidea hemendik igarotzen zen, eta ermita erromesen aterpe gisa zegoen antolatuta. Jende asko eta asko igarotzen zen. Pixkanaka, lekua handituz joan ziren. Halako batean, ermitaren gainean beste ermita oso bat jaso zuten, zaharra barruan mantenduz. Horrelako zerbait dela uste dut.

–Asko dakik –esan zion Julenek.

–Loiolako santutegiko apaiz zahar batek kontatu zidaan.

–Eta zer ikusteko dauka gurekin? –galdetu zuen Mirarik, zentzu bila.

Imanolek hasperen luzea egin zuen.

–Lekua ez da nire erabakia izan. Baina laster jakingo duzue zergatik elkartu garen. Segituan iritsiko gara.

Korridore bat zegoen bi ermiten hormen artean. Hortik jarraitu zuen Imanolek. Egurrezko zoruak kraska hots etengabeak ateratzen zituen. Hormak harri trinkoz egindakoak ziren. Argiek, hori eta herbal, kandela txiki baten ganora zuten beren ahulean.

–Erdi Arora joan garela ematen du, e? –bota zuen Imanolek, kokospekoa laztanduz. Eskuinetara hartu, eta egurrezko eskailera estu batzuk igo zituen–. Hemendik. Besteak bigarren pisuan daude. Han argi hobea dago.

–Zein etorri dira? –galdetu zion Mirarik.

–Zuek bakarrik falta zineten –jakinarazi zion Imanolek–. Bueno, eta Alex.

Igarobide estu bat zegoen, baina berehala zabaltzen zen. Harrizko gela batera iritsi ziren. Imanolek agertu bezala, argi hobea zegoen han, sabaitik zintzilikatutako bi bonbilla indartsuri esker. Bonbillen azpian, mahai handi bat. Ur eta sagardo botilak zeuden, eta zenbait edalontzi. Inguruan, sakabanatuta, aulki sorta bat. Mahaiaren aurrean, tente, lau aurpegi nahasi.

Hiru emakume eta gizon bat. Logika hutsez, gizonak Haritz izan behar zuen; emakumeak, Alazne, Irene eta Arantxa.

Elkarri begira gelditu ziren guztiak. Irribarre deserosoak. Elkar agurtu zuten. Azkar. Labur. Hitz gehiagorik ez. Haritzek hautsi zuen azkenean isiltasuna.

–Bronto? –galdetu zuen. Julenek betaurreko batzuekin egin zuen topo. Begirada iheskorra estaltzen zuten lenteek.

–Haritz –atera zitzaion. Julenek bere burua txikiagotzen sentitu zuen, guztien arreta gainean sumatu zuenean. Haritzi hurbildu zitzaion. Bostekoa eman zioten elkarri–. Zenbat denbora!

Mirarik, Julenen alboan, besteak aztertu zituen. Zaila egin zitzaion, une batez, aurpegiei izenak jartzea. Pixkanaka lortu zuen. Ile laranjagatik izan ez balitz, ez zukeen igarriko, agian, aurrean zeukan emakume sofistikatu hura Irene zenik. Aurpegia oso bestelakoa zeukan. Operatuta, erabaki zuen Mirarik. Harrotasun ukitua baino gehixeago zeukan Irenek.

Haren alboan zegoena ez al zen Arantxa? Izan behar zuen. Arantxari ez zitzaion jada gelditzen, egia esateko, beste garai bateko kirolari traza gehiegirik. Aurpegian hemezortzi urte zeuzkaneko tankera bazuen ere, gizentzen hasita baino gehiago zegoen. Masailek lehen ez zeukan borobiltasuna ematen zioten aurpegiari. Ez zen hori, ordea, alde nabariena. Irribarrea. Eta begirada. Segurtasunik eza antzeman zion Mirarik; horrek harritu zuen gehien. Ironiazko irribarrea eta begirada zeuzkan oraindik Arantxak. Baina begirada zaharragoa zen, nolabait. Zaharregia, horrela esan bazitekeen. Gogoa txit higaturik baleuka bezala. Baina beharbada lotsa baizik ez zen.

Eta Alazne?

Alaznek zurbil jarraitzen zuen. Zuritasun agerikoa, zalapartatsua ia. Batera eta bestera begiratzen zuen, baina begirada asko jaso gabe. Enbarazuak joa iruditu zitzaion Mirariri. Imanolek eta Alaznek begiradarik gurutzatzen ez zutela ohartu zen. Behartuegi zeudela han.

–Alazne? –galdetu zuen Mirarik.

Urteen indarrak ezer aldatu izan ez balu bezala, elkar besarkatzekoa izan zuten lehenengo barne-bulkada. Bigarrengoa gauzatu zuten: bi musu eman zioten elkarri. Masailean.

Denborak ez zuen askorik barkatu.

Berriro agurtu zuten elkar, zerbait egitearren.

Harrizko gelaren leiho handienetik, juxtu-juxtu Ireneren atzean zegoenetik, ilargi betea azaldu zen, apurka. Emakumearen ileak piztu egin ziren, sugarren modura, astroaren izpiekin. Berehala, baina, laino ilun eta azkar batek, jainko gosetia balitz bezala, haren argia itzali zuen.

–Zer? –galdetu zuen Irenek, burua jasoz; kezkatuta eta aspertuta zegoen–. Zerbait esan beharko dugu, ba, ezta?

Inork ez zekien nondik hasi.

ZERBAIT ESAN BEHARKO DUGU

Imanolek hartu zuen hitza.

–Uste dut, denok gaudenez, zerbait argitu behar dizuedala.

–Ez gaude denok –eten zion Mirarik.

–Ez, ez gaude denok –onartu zion Imanolek–. Baina Alex laster etorriko da. Berak uste zuen bilera zortzietan zela.

–Zortzietan? Eta zergatik hori? –galdetu zuen Irenek.

–Zuekin guztiekin hitz egin behar nuen lehenago. Bilera honen zergatia azaltzeko.

Behin eta berriro gurutzatu ziren guztien begiradak, jakin-minak jota eta konfiantza gabeziak zorroztuta. Hipokrisiak eta irri zuriek gela osoa gainezkatu zuten. Mirari Alazneren alboan jarri zenean, garai bateko adiskidantzaren izenean edo, adur txarra sumatu zuen berriro haren eta Imanolen artean. Alazne eta Imanol elkarren aurrean zeuden, eta heldu gisa jokatu nahi zuten

–horrela esatea zilegi baldin bada, behintzat–. Baina ikusiezin nabaria igortzen zuten biek.

–Denbora luzea joan da azkenekoz batera egon ginenetik –jarraitu zuen Imanolek–. Batzuk gehiago, beste batzuk gutxixeago, guztiok ere galdua genuen elkarrekiko harremana. Edo ia-ia. Zaila izan da gainera guztiok elkartzea. Denok geneuzkan konpromisoak. Familia zela, lana zela... Nolanahi ere, elkarrekin gaude. Eta orain, suposatzen dut mesede moduko bat eskatu behar dizuedala –aurpegiera zeharo serioagotu zitzaion Imanoli. Begirada labur batek Alaznerengana egin zion ihes–. Mesede bat, Alexen alde.

Zintzilik zegoen bonbilletako batek zarata jarraitu eta gogaikarria ateratzen zuen. Urruma elektriko hura gailendu zen hurrengo segundoen isilaldian, aiene barrenkor baten modura. Haize bolada batek txistu urrakorra eratu zuen kanpoko zuhaitzen adar artean.

Imanolek eztula egin zuen. Jarraitu ez jarraitu bezala gelditu zen. Kokospekoa laztandu zuen. Eskuak poltsikoan sartu zituen.

–Aspaldiko kontua da –segitu zuen, azkenik. Baso bat sagardo jaso zuen, eta ezpainetara hurbildu. Azken unean, ordea, edan gabe urrundu, eta mahai gainean utzi zuen–. Ez nuen sekula usteko hau esango nizuenik. Baina uste dut... Uste dut egoera berezia dela –eztarria garbitu zuen berriro–. Alexek gure laguntza behar du.

–Gaizki dago? –galdetu zuen Haritzek, betaurrekoak kenduz. Mahuka batez garbitu zituen.

–Ez dago ondo –azaldu zuen Imanolek.

Argiak dardara egin zuen. Oso azkar itzaliz eta piztuz egon zen segundo batzuez. Diskoteken argi keinukari-erogarrien modura.

Ekaitza zetorrela zirudien.

(1987. URTEA)

(Donostiako pisutik etorri eta aste gutxira)

Metafisikako azterketan kopiatzeagatik bidali ninduten eskolatik: alboan esertzen zen mutilaren ariman begiratu nuen.

Woody Allen

LAGUN BEZALA BAKARRIK

Mirarik burua sartu zuen Alazneren tabernan. Haren ama ikusi zuen barra atzean.

–Kaixo. Alazne?

–Sukaldean dago. Sar zaitez.

Alaznek laguna ikusi eta berehala antzeman zuen zerbait zeukala; hitz egin beharra zeukala.

–Ez esan –igarri zuen Alaznek–: berriro deitu al dion Alexi?

Mirarik ez zion erantzunik eman, ez zegoen beharrik. Begira gelditu zitzaion soilik.

–Eta? –jarraitu zuen Alaznek.

–"Lagun" bezala geratuko ginela. Ez din ezer nahi.

–Ja. Lagun bezala. Zerbait originalagoa espero ninan Alexengandik, egia esan. Baina horrela behintzat ez din zalantzarako lekua uzten –bi eskuez irudizko guraizeak antzeratu zituen. Airea ebaki zuen–. Ahaztu egin behar dun.

Mirarik pentsakor jarraitu zuen.

–Bazakinat.

Alaznek barre egin zion.

–Hain ona al zen, ba?

–Ona?

–Alex. Larrutan.

Mirari hormari begira geratu zen.

–Zer nahi dun esatea. Ez ninan sekula egin ordura arte, eta ordutik ere ez dinat egin. Berak egin zinan dena. Oso ona zela esango niken, nik behintzat oso ondo pasatu ninan. Baina ezin dinat asko zehaztu, ez dinat-eta beste inorekin egin –irribarre egiten saiatu zen–. Baina gustura egingo niken berriro.

Alaznek barre karkara egin zuen.

–Hara, hara, gure sexuzalea!

–Ez lerdoa izan, Alazne.

Alazne pentsakor bezala gelditu zen.

–Egia esan, arrazoi huen.

–Arrazoi? Zertan? –galdetu zuen Mirarik.

–Alexen inguruan. Morbo handia din. Agian probatuko niken.

–Hara bestea! Eta gero ni omen naun sexuzalea!

Alaznek barre egin zuen.

–Bueno, bueno. Utz dezagun hori, ze bestela... –barre egin zuen berriro–. Gainera hik zerbait gehiago daukan esateko, ezta?

–Julenek deitu zidan. Gaur. Hitz egiteko. Nirekin bakarrik.

–Joño. Begira –Alazne jaiki, eta eskuak sorbaldan jarri zizkion lagunari–. Hortxe daukan aukera ona. Bronto tipo jatorra dun. Eta garbi zagon hirekin txora-txora eginda dagoela. Eman ezan berarekin buelta bat, eta zorte pixka batekin Alex ahaztu egingo zain.

–Baina Julenekin oso urduri sentitzen naun, Alazne. Tentsioan egoten naun.

–Aibadios. Eta Alexekin ez?

–Ez da berdina. Eta badakin. Alexek bazakin zertan ari den.

–Eta eginda ematen din guztia, ezta?

–Bueno.

–Ikasiko din Julenek ere. Emaion denbora apur bat.

–Denbora apur bat… –begirada jaso zuen Mirarik–. Hondartzara joateko proposatu zidan.

–Hondartzara?

–Gauean.

–Gauean –errepikatu zuen Alaznek–. Eta nola joan behar duzue, ba?

–Alexen autoan.

Alaznek barre egin zuen.

–Iritsiko al zarete?

–Espero.

–Zer esan dion?

–Pentsatu egin behar nuela; gero deituko niola.

–Pentsatu al dun?

–Hik zer egingo huke?

–Julen gogoko al dun?

–Oso samurra dela iruditzen zaidan –hasperen antzeko irribarrea atera zitzaion Mirariri–. Baina uste dinat ez zaidala gustatzen.

–Gogoko al dun?

–Oso urduri egoten dun nirekin. Deserosoa izaten dun.

–Mirari, gogoko al dun?

–Ez zakinat. Agian. Agian bai. Baina berarekin joanez gero, hoberik ezean egiten dudala sentituko niken. Eta ez nagon seguru…

–Ni, hi izanda, joan egingo nindunan.

–Bai?

–Badaezpada.

–Ez zakinat.

–Bai, badakin –zuzendu zion Alaznek–. Eta horregatik etorri haiz nigana: konbentzitua hagoela konbentzi hazadan.

TITIAK HAZTEKO

Mirarik pasiera onartu zion Juleni.

Ia sustorik gabe heldu ziren Zumaiara Alexen autoan. Hondartza aldera egin zuten.

Gauaren iluntasuna nahikoa ez balitz bezala, harkaitzen itzalen bila joan zen Julen, lasaiago hitz egiteko. Ilargiaren argi indargabe bat baizik ez zen beraienganaino iristen.

–Bitxia da. Eta tristea –esan zuen Julenek–. Hondartza ederren dagoenean, orduantxe dago hutsik. Ez al du ikusten jendeak?

–Bueno. Ba, hobeto orduan etortzen direnentzat, ezta?

–Bai –ebatzi zuen Julenek–. Hobeto guretzat.

Hondarrean eseri ziren, itsaso aurrean. Harkaitzen eta olatuen artean.

–Zein bare dagoen itsasoa –bota zuen Julenek. Aurrera begira ikusten zuen Mirari. Ez zekien urduri zegoelako egiten zuen, edo berarekin ezer jakin nahi ez zuelako.

–Bai.

–Bihar eguraldi ona izango omen da.

–Hori esan dute.

–Baina ez dakit, ba –jarraitu zuen Julenek–. Han urruneko hodei haiek…

–Ja. Agian ez.

–Agian eguraldi txarra izango da.

–Bai.

Isildu egin ziren.

Mirari oso gaizki sentitzen zen. Oraindik ere ez zekien zer nahi zuen, baina lehenago edo geroago zerbait gertatuko zen. Eta ordurako erabakita izan beharko zuela bazekien.

Julenek ezpainak mingainez busti zituen. Listua irentsi zuen.

–Mirari…

–Zer?

Julenek musu eman zion eta atzera egin zuen, egindakoaren ondorioa zein izan zitekeen ikusteko. Mirari pixka bat hurbiltzen zela iruditu zitzaion. Neskak begiak itxi zituen. Julenek berriro eman zion musu; neskaren besoak sumatu zituen inguruan. Ia gainera joan zitzaion mutila orduan.

–Lasai –esan zion neskak, irribarre batez–. Lasai. Ez dut alde egingo.

–Barkatu. Nahi gabe izan da. Hainbesteko gogoa neukan...

Mirarik barre egin zuen. Lurrean etzan zen.

Musuak. Musuak. Musuak.

–Uzten didazu...? –hasi zen galdetzen Julen, geroago. Blusa seinalatzen zion. Mirarik sorbaldak jaso zituen. Ez zen ezezkoa; ez zen ausartzen baiezko ahoskatua izaten. Baimen isila, azken batean.

Mutilak blusako botoiak askatu zizkion, poliki. Azkenean, blusa irekitzea lortu zuenean, Mirarik begirada jaitsi egin zuen. Ile puntetaraino gorritu zen.

–Titi txikiegiak ditut –esan zuen ia murmurio batean. Saminez gaineratu zuen–: Ez dut titirik.

Ez zuen, hala ere, blusa ixteko intentziorik azaldu. Julen jokoz kanpo egon zen une batzuez, zer egin ez zekiela. Azkenean, ezpainak hurbildu zituen bularretakora, eta musu bana eman zion titi bakoitzari.

–Zergatik diozu hori? –Juleni ez zitzaion hori burutik pasa ere egin. Han aurrean zeuzkanak titiak ziren. Horretan ez zuen zalantzarik: bular borobilak, beteak, ederrak.

–Igerilekuan ibili naiz azken egunetan.

–Eta?

–Alaznerekin eta Arantxarekin joan naiz.

–Eta?

–Aldageletan egon garenean... Beraiek bai dituztela titiak!

–Mirari, faborez! Baina zuk...

–Egia da! –moztu zion Mirarik. Eta begirada eta bolumena jaitsiz, ia ahapeka, jarraitu zuen–. Egia da.

Mirari bera harrituta zegoen bere buruarekin. Zergatik aitortu zion hori, nori eta Juleni? Zein zoro-haizek jo zuen, ordea? Agian ez zen hain zaila, erabaki zuen. Agian, Julen berarekin txoratuta zegoela zekienez, lasai hitz egiten zuen. Bazekielako aintzat hartuko zituela berak esandakoak; ez ziola barrerik egingo edo tuntuntzat hartuko. Alexek, Alaznek esan bezala, morboa ematen zion. Hori zen hitza: morboa. Alex bere kabuz ibiltzen eta galtzen zen. Eta Mirarik bazekien ez liokeela sekula aitortuko Juleni esan berri ziona.

–Behin entzun nuen –esan zuen Julenek, titiak, bularretakoa eta guzti, laztantzen zituen bitartean–, titiak, fereka eginez hazi egiten direla.

–A, bai?

–Bromarik gabe. Ez dakit zergatik zen, baina hori esan zuten. Eta pixka bat pentsatuz gero, logikoa dirudi azken batean, ezta? Zenbat eta gehiago ibili gauza bat, orduan eta garatuagoa behar luke.

–Nire titiak gauzak al dira? –Mirarik ezpainak zimurtu zituen pikaroki.

–Zure titiak zoragarriak dira –zehaztu zion Julenek.

–Benetan?

–Bai. Benetan.

Neskaren gorputza apur bat gehiago hurbilduz, bularretakoaren itxigailuarekin borrokan hasi zen.

Tri-tra.

Tri-tra.

Mugitu bai, zerbait mugitzen zen. Ez ireki, ordea

–Kaguenla…

–Zer ari zara? –galdetu zion Mirarik barrez.

–Bularretako puta hau… –beste behin ahalegindu zen. Tri-tra. Tri-tra. Berriro kale.

Barre-karkaraz hasi zen Mirari.

–Bularretakoa kentzea nahi duzu?

–Bueno… –brausta lotsatu zen Julen. Arinegi ote zihoan?

–Bai.

–Bai –onartu zuen Julenek, artega, Mirari nondik irtengo zain.

–Utzi –atzera bota zuen mutila. Di-da askatu zuen itxigailua–. Bale. Ikusten? Ez zen hain zaila.

–Joder. Nola egin duzu?

–Ikasiko duzu. Denborarekin.

Julenen pozezko irribarreak belarriak ukitu zizkion ia. Entzun zuena entzutea gonbidapen ederrena bezala hartu zuen mutilak. Mirarik ikasteko aukera emango zion. Bularretakoen itxigailuen misterioa argitzeko adina bai, behintzat. Ondo sentitu zen.

–Ikasiko dut –esan zion mutilak musua emanez. Bularretakoa kendu zion.

–Baina jakina… –esaldia eten zuen Mirarik, eta bihurrikeriaz begiratu zion Juleni.

–Zer? Jakina zer?

–Medikuaren aginduak bete beharko dituzu.

–Medikuaren aginduak? Zer esan nahi duzu?

–Nire osaketan lagundu beharko didazu.

–Zure osaketan? Uste dut galtzen ari naizela, Mirari.

–Zuk zeuk proposatutako sendabidea eskaini beharko didazu.

–A! Joño, joño. Ados. Egongo ez naiz, ba!

Mirariren titiei masajea ematen hasi zen mutila. Masajea zabalduz joan zen.

–Prakak askatuko dizkizut? –galdetu zuen Julenek.

Mirarik begirada desbideratu zuen.

–Ez. Lasai joan nahiko nuke.

–Konforme.

–Barkatu. Ez nago… ez nago ohituta. Ez naiz sekula mutil batekin…

–Ez daukazu azaldu beharrik. Lasai. Ulertzen dut.

Julenek itsasoa aztertu zuen une batez. Une batez, zarratada sentitu zuen arima urratzen. Errealitatera itzultzera behartu zuen bere burua. Minak min.

AMARAUNA
(zenbait hilabete ondoren)

–Aibadios, Alex? Aspaldiko! Zer moduz zabiltza!

–Alazne. Joño. Iepa.

–Zer, pasieran?

–Ba, horrelako zerbait, bai. Buelta txiki bat ematen edo.

–Ja ez dugu kasik elkar ikusten, e?

–Egia dun, bai. Julenek eta Mirarik alde egin zutenetik, gutxi geratzen dun bi taldeez. Sakabanaketarako irteera-tiroa izan zela ematen din.

Alaznek ere hitanora pasatzea erabaki zuen.

–Haien alde egitea, esan nahi duk –esan zuen.

–Bai, haien alde egitea. Eta zuek, zer moduz? Ze Imanolekin jarraituko dun, ezta?

–Bai. Elkarrekin jarraitzen diagu. Ondo konpontzen gaituk. Normalean.

–Bueno. Beti izaten ditun gorabeherak. Bizirik egotearen ondorioa.

Alaznek gertutik aztertu zuen Alex.

–Hi, Alex, ondo al habil?

–Ni? Zer, ba?

–Oso zurbil hagoela ematen dik.

–Joder. Eta hi?

–Ni betidanik izan nauk zurbila, Alex.

–Egia dun, bai. Bo, nirea ez dun ezer. Denboraldi bat erdi gaixo ibili naun, eta oraindik ondo osatu gabe egongo naun.

–Hori izango duk. Aizak, Alex, gauza bat. Tren-geltoki zaharrari bisita egin nahi nioan, ez diat aspaldian ikusi eta. Oso zera duk, oso... Bueno, tren-geltoki zaharrek beti ditek halako xarma adieraztezina, ezta? Zer, animatzen haiz?

Alexek mesfidati begiratu zion Alazneri. Neska ez zegoen lasai; zerbait ezkutatzen zuen. Baina, pentsatu zuen Alexek, ez ote zen paranoiko bihurtzen ari? Etengabe lerro artean irakurri nahian, ez ote zuen beti bilatzen zuen hura aurkitzen? Alexek errieta egin zion bere buruari. Alaznek zerbait ezkutatzen zuela? Bihozkada burugabea besterik ez zen izango, seguruenez.

Baina egia zen Alazne urduri zegoela. Egia zen zerbait ezkutatzen zuela. Ezkutatu, baita bere buruari ere. Alazneri Imanol gustatzen zitzaion, eta Imanol zuen mutila. Baina Alex... Alexek zerbait berezia zuen. Alexek jakin izan balu zenbat denbora zeraman bere zain Alaznek, zenbat denbora eman zuen bere atariaren aurrean, gero atzetik segika ibiltzeko, eta ustekabeko topaketa hura antzezteko...

–Han zagok –esan zion neskak–. Ikaragarri gustatzen zaidak tren-geltoki hura. Ez duk, gainera, inor ibiltzen hemendik.

Elizak gustuko zituen batek derrigorrean izan behar zuen gogoko tren-geltoki hura. Horregatik eraman zuen Alaznek hara. Makina bat aldiz joana zen tren-geltoki hartara Imanolekin. Leku erromantikoa iruditzen zitzaion. Eta bakartia. Errail herdoilduek txoko sekretu ugari gordetzen zituzten, zurrumurruz beteriko amets urdinduak, denborak zimeldutako ahotsak eta musuak. Lore ahituak balira bezala.

–Belarriak zorroztuz gero –adierazi zuen Alaznek–, beste garai bateko hasperenak aditzen direla ematen dik. Entzun.

Alexek irribarre egin zuen. Egia zen han ez zegoela beste inor. Alazneren urduritasuna ezaguna egin zitzaion. Bazekien zeren bila zebilen.

–Egia dun –onartu zion mutilak–. Ahotsak entzuten ditun. Biolin-kexu urrunak bezala.

–Hori duk. Biolin-kexuak.

Elkarri begira gelditu ziren.

–Zein leku isila –esan zuen Alaznek.

–Zein leku ederra.

Neskak eman zuen lehenengo musua. Biek zekiten zertan ari ziren. Ez zuten aitzakiarik behar.

Biltegi antzeko baten hormaren kontra jardun zuten lehendabiziko aldiz. Alazne harrituta gelditu zen bere buruarekin. Ez zuen sekula hainbesteraino galdu kontrola. Grina itsugarri batek erabat baliogabetu zion nahimena. Konbentzituta egon zen animalia irrazionala bihurtua zela. Sexua baizik ez zuen izan buruan, beste inolako paranoiarik gabe. Sexu huts eta basatia.

Plazer intentsuegia izan zuen Alaznek. Beldur izan zen.

–Jarri gainean –eskatu zion Alexek, gero, lurrean etzanez. Alazne gainean jarri zitzaion. Burua guztiz galduta zeukan. Ero moduan ibili zen, astinaldi bortitzenak eginez eta isildu ezin zituen aienez betea.

–Jo –atera zitzaion Alazneri, amaitzean. Arnasestuka zegoen–. Jarri hi gainean, orain.

–Bai.

Alaznek ezingo zuen esan zenbatetan jo zuten larrua. Gainera, sexua ez zen matematika. Isurtzeen arabera neurtzen zen kopurua? Orgasmoen arabera? Noren orgasmoena, ordea? Bost axola. Askotan egin zuten. Biek leher eginda amaitu arte. Hiru egunetan ibili zen Alazne gihar-minez.

Eta gehiago behar zuela konturatu zen.

GEZURRA, LARRU GORRI

Behin eta berriro errepikatu zion Alaznek bere buruari. Behin eta berriro pasatu zion abisua, kontuz ibiltzeko esan. Baina ezin zion bere barneko halabeharrari ihes egin. Alex droga bilakatu zitzaion. Drogaren menpeko balitz bezala sentitzen zen, eta, xehetasunak xehetasun, horixe zen.

Elkar ikusten jarraitu zuten. Tren-geltoki zaharrean.

Baina norbaitek ikusi egin zituen. Norbaitek ikusi, eta Imanoli argi ibiltzeko esan zion. Adarrekin eta. Imanolek ez zuen sinetsi. Ez zuen sinetsi nahi izan. Ez lehendabizikoan. Gero, badaezpada, ziurtatu egin nahi izan zuen, Alazne, gero eta gehiagotan, lanpetuta baitzegoen, eta bera susmoa hartzen hasia. Lanpetuta zegoen egun horietako batean, atzetik segika joan zitzaion. Tren-geltoki zaharrerra. Alex zegoen han, zain.

Min handia hartu zuen Imanolek. Ez zuen haiek amaitu arte itxaron.

–Iepa, bikote –agurtu zituen. Ez Alaznek ez Alexek ez zioten ezer esan. Geldi-geldi egon ziren, eta begira bakarrik geratu zitzaizkion. Alazneri zuzendu zitzaion–: Ondo izan. Txao. Eta betira arte.

(2002. URTEA)

Egunen batean, edonon, ezinbestean, zeure buruarekin egingo duzu topo.

Hori, eta soilik hori, izan daiteke zure ordurik zoriontsuena... edo latzena.

Pablo Neruda

HASERREAK

Imanolek aurrean zeukan sagardo botila hartu zuen. Hurbildu egin zuen. Urrundu egin zuen. Jiratu egin zuen.

–Imanol –eskatu zion Julenek–. Esan ezak behingoz esan behar duana.

–Bai –sagardo botila mahai gainean utzi zuen–. Alex eta biok... Alex eta biok haserre egon ginen denbora luzean.

–Haserre? –galdetu zuen Haritzek.

Imanolek urduri aztertu zituen guztiak. Alazne, agian, gainontzekoak baino gehixeago.

–Haserre –zerbait esan ez esan egon zen, nabaria zen–. Arazo bat izan genuen. Ez genion denboraldi batean elkarri hitzik egin. Gure arteko harremana erabat hautsi zen.

–Jesus, gizona –eten zion Arantxak.

–Gure kontuak. Gero, gainera, gutako bakoitzak ere –keinu bat egin zuen esku batekin, gelako guztiak hartzen zituela adieraziz– bere aldetik egin zuen. Lana, unibertsitatea, lagun berriak... Taldea, edo taldeak, mutilona eta neskena, erabat birrinduta gelditu ziren. Zuetako gehienekin gertatu zitzaidan bezala, ez nuen Alex denbora luzean ikusi ere egin. Duela urte gutxi batzuk arte. Lau bat edo. Telefonoz deitu zidan. Nirekin hitz egin nahi omen zuen. Nik, baietz, nik ere nahi nuela. Geratu egin ginen. Ez nintzen azaldu.

–Nahita egin huen? –galdetu zuen Julenek, burua, ohi zuen moduan, atzera eta aurrera mugituz.

–Ba, seguruenez. Aitzakiaren bat jarriko nion neure buruari, justifikatzeko. Baina egiatan, oraindik ere, amorrua nion. Suposatzen dut nahita egin nuela. Hura izorratzeko. Ez nuen haren berririk izan denbora-puska batean. Halako batean, beste behin deitu zidan. Ordurako ospitalean zegoen ja.

–Ospitalean? Zer, gaixo? –jakin nahi izan zuen Irenek.

–Gogoratzen duzue ile zuriduna? –galdetu zuen Imanolek.

–Ile zuriduna. Maddi delakoa –oroitu zuen Haritzek–. Azkenean ezagutu al huen?

–Nola edo hala –esan zuen Imanolek–. Nola edo hala bakarrik. Alexek noizbehinkako zorabioak izaten zituen, hori ere badakizue. Proba batzuk egin zizkioten. Garunean tumorea zeukan.

–Tumorea al zeukan? –galdetu zuen Mirarik.

–Tumorea zeukan. Eta, ustean, eskizofrenia sintomak eragiten zizkion.

–Jakina –ulertu zuen Haritzek–. Eskizofreniak eldarnioak sorrarazten ditu. Existitzen ez diren ahotsak edo irudiak hautematea ekartzen du batzuetan.

–Hori al zen ile zuriduna? Fantasia? –harritu zen Irene.

–Nolabaiteko fantasia.

–Bale –moztu zituen Alaznek. Artega zegoen–. Nahi duzuena. Baina zer egiten dugu hemen, zehazki?

–Ospitalean –jarraitu zuen Imanolek–, azkenean, Alexekin hitz egin nuen. Orain hiru urte inguru. Ni suminduta joan nintzaion, oraindik ahaztu gabe baineukan. Baina sinetsita nengoen barkamena eskatu behar zidala, eta aukera bat eman nahi nion.

–Hi, Imanol –eten zion Julenek–, zergatik hengoen horren haserre, jakin badaiteke? Zer demontre heukan ahaztu gabe?

Imanolek eskuak astindu zituen airean, "gauzak" edo adieraziz bezala. Kokospekoa igurtzi zuen, urduri.

–Berdin da. Haserre nengoan.

–Larrua jotzen harrapatu gintuen –bota zuen Alaznek, burua makurtuta–. Alex eta ni. Imanol eta biok irteten ari ginela. Horregatik zegoen haserre.

Isilune deserosoa sortu zen.

Imanolek indarrik gabe gelditzen zela sentitu zuen une batez, geratzen zitzaion bizi-energiak leihotik ihes egin balio bezala, zaurgarri eta suntsitzaile. Belauneko dardarari aurre egin zion, eta, ozta-ozta, disimulatu egin zuen. Iraganak bizirik irauten zuelako seinalerik nahi bazuen, nekez aurkituko zuen aukera argigarriagorik.

Isilunea mantentzen zela ohartzean, berak apurtu behar zuela konturatu zen. Garrantzi gehiegirik gabeko zerbait zela itxuratu nahi izan zuen.

–Bueno, bai. Horregatik zen. Aspaldiko kontuak –listua irentsi zuen–. Eta aurreko hariari helduz, Alexek barkamena eskatu behar zidala sinetsita nengoela ari nintzen.

–Eta eskatu zian? –galdetu zuen Haritzek, ezpainak zimurtuz. Argi zegoen ezetz pentsatzen zuela.

–Baita zera ere. Alaznek bai –esan zuen Imanolek, Alazneri begiratu gabe–. Alazne saiatu zen. Baina ez Alex. Ez behintzat nik espero nuen moduan. Alexek, hainbat urteren ondoren!, min eman zidala bazekiela esan zidan, eta sentitzen zuela.

–Eta hori ez al da barkamena eskatzea? –galdetu zuen Arantxak.

–Ez zela damutzen esan zidan –jarraitu zuen Imanolek berearekin–. Ez zela erraza azaltzen, baina ezin zela damutu. Grina grina zela, ezinezkoa zela justifikatzea. Nik porkulo hartzera bidali nuen, eta alde egin nuen handik.

–Ospitalean zegoela –zehaztu nahi izan zuen Irenek.

–Ospitaleko ohean utzi nuen, bai. Eta gero, bai, aladurak joa egon nintzen denboraldi batez. Bere barka eskatzeko modua zela ulertu nuelako. Gaizki zegoen, eta nirekin hitz egin nahi izan zuen.

–Ez hintzen itzuli? –galdetu zuen Julenek.

–Itzuli nintzenerako ez zegoen han.

Zarata istilutsu batek isilarazi zituen.

Ta-ta-ta-ta-krak!

AUTOA

Elkarri begira hasi ziren. Nondik zetorren iskanbila hura?

–Zarata hori… –Haritzek begiak itxi zituen, oroitzapenetan bila. Argi bat indartuz joan zen haren gogamenean–. Zarata hori Alexen kotxe zaharrak zeukan berbera da.

Julen leiho batera hurbildu zen. Astigarribiara jaisteko bidexka ikusten zen bertatik. Auto bat hurbiltzen ari zen, poliki.

–Ba, bai. Ilun dago, baina R-12 hura dela uste dut: ez dago horrelako bi. Oraindik bizirik dago!

Begiradak trukatu zituzten guztiek.

–Eta orain? –galdetu zuen Irenek–. Orain, zer?

Mirari azazkalak jaten hasi zen.

–Elkarrekin jarraitu al zenuten? –galdetu zion Julenek Alazneri, jakin-minez–. Zuk eta Alexek.

Alaznek ezetz egin zion buruarekin.

–Ez. Imanolek harrapatu eta gero ez genuen gehiago elkar ikusi. Imanolekin itzuli nahi nuen, baina… –begirada azkarra trukatu zuen Imanolekin–. Ez zen ondo atera.

–Aizue –abisatu zuen Julenek–. R-12a herrian sartu da. Alex, Alex bada behintzat, segituan iritsiko da.

–Entzun. Pare bat gauza kontatu behar dizuet oraindik –esan zien Imanolek, erdi arrapaladan–. Duela hilabete batzuk Alexen bila ibili nintzen, damututa edo. Aurkitu egin nuen. Osasun mentaleko zentro batean zegoen sartua. Eroetxe batean, garbi esanda. Bertako mediku batek esan zidanez, boladak zituen. Batzuetan ez omen zituen errealitatea eta fantasia bereizten. Eta tumoreak, urtetan ia zegoen-zegoenean mantendu ondoren, okerrera egin omen zuen. Gaizki sentitu nintzen. Alexekin hitz egitean, zuen gainean galdetu zidan. Nekien apurra azaldu nion. Medikuak esan zidanez, sarritan galtzen omen zen gazte denborako garaietan. Gurekin ibili zen garai haietan. On egingo omen zion aspaldiko lagunekin hitz egiteak. Denak elkartzea proposatu nion Alexi. Berak baietz esan zuen, baina baldintza batekin: ermita honetan izan behar zuela.

–Eta orain esaten diguk hori guztia? –aurpegiratu zion Haritzek.

–Alexek eskatu zidan zuei ezer ez esateko. Eta bi hilabete emateko.

–Nola bi hilabete emateko? –harritu zen Arantxa.

–Bi hilabete behar omen zituen.

–Zertarako?

–Auskalo. Prestatzeko edo. Gainera deliberatu nuen horixe zela onena. Zuei ezer ez esatea. Agian ez zenuketelako etorri nahiko –danbateko bortitz batek bat-batean eten zion hizketaldia. Batera eta bestera begiratu zuten, beldurrez. Segituan konturatu ziren haize-kolpe batek egina zela, leiho bat ixtean. Imanol irribarre egiten ahalegindu zen. Jarraitzea erabaki zuen–. Orain nik adina dakizue. Lehen mesedea eskatu dizuet. Badakizue zergatik: ez dakigu nola azalduko den Alex. Jarrera ulerkorra hartu beharko dugu, badaezpada.

–Zer etorriko da, bakarrik? Ze, gaizki baldin badago... –hausnartu zuen Mirarik.

–Boladak izaten ditu –argitu zion Imanolek–. Esan dizuet lehen. Azkenaldian hobeto omen zebilen, eta medikuek, dakidanez behintzat, bakarrik irteteko baimena eman zioten.

Autoa ermita aurrean gelditu zen.

Ta-ta-ta-ta-krak! DAUNB!

–Ermitan sartu da –azaldu zien Julenek, leihotik begiratuz.

Itxaronaldia luze egin zitzaien. Bonbillaren urrumek hartu zuten, berriro, gela osoa. Kanka hotsa entzun zen, gero.

ALEX

Atea zabaldu zen.

–Gabon, jaun-andreok –bota zuen Alexek, sartzean. Ironiak tindatzen zituen haren hitzak–. Sentitzen diat pixka bat atzeratu izana, baina uste baino lan handiagoa eman dit R-12ak!

Barre egin zuen. Besteek, Alex zela jakin ez balute, ez zuketen ezagutuko. Zeharo zargalduta zegoen; zurbil-zurbil. Alabaina, begirada geratzen zitzaion. Begiradak hemezortzi urte zeuzkan oraindik. Batera eta bestera begiratzen zuen, dena aztertuz bezala.

Ikusten oraindik.

Ikasten oraindik.

–Zer, ez al dugu ezer esan behar, edo? Aspaldikoak! Baneukan gogoa zuekin egoteko!

Besarkada eta musu behartuak izan ziren jarraian. Hotzak. Nahasiak. Deserosoak.

Alexen grinak, zeukan itxura ahularekin talka bezala egiten zuen. Eztulka hasi zen. Alaznek baso bat ur hurbildu zion.

–Bueno, bueno, bueno –jarraitu zuen etorri berriak, lasaixeago–. Ea, ba, hileta bat ematen du honek! Animatu egin beharko dugu, ezta?

Mirari azazkalak jaten hasi zen berriro, urduri. Hotzikarak sentitu zituen.

Kanpoan, zerua bitan zatikatu zen eta euri jasa izugarria askatu zuen; euri tantek zipriztinak bota zituzten leiho-ertzetik barrura. Barruan, lagunak, kezkati zeuden.

–Ikusten dudanez –esan zuen Alexek, aulki batean eseriz–, nik pentsatzen nuena duk.

Isildu egin zen. Barre egin zuen segidan.

–Zer pentsatzen huen, ba? –galdetu zion Haritzek.

–Laguntza pixka bat behar duzue. Nire laguntza behar duzue.

–Laguntza? Zertarako? –galdetu zuen Julenek.

Alexek botila bat sagardo hartu zuen. Trago bat edan zuen muturretik.

–Bizitza izan diat obsesio. Betidanik. Eta, jakingo duzuenez –Imanoli begira geratu zen; hura gorritu egin zen apur bat–, gaixo antzean nagok. Gaixo antzean baino gehixeago. Kontatuko zizuen Imanolek. Ezetz eskatu nion arren –Imanol gehiago gorritu zen, baina ez zuen ezer esan–. Ondo. Ba, kontua duk, heriotzatik gertuago egoteak, nire bizitzarekiko obsesioa areagotu baizik ez duela egin. Bazakiat, oro har, bizitzak kaka bihurtzen dituela ortzadarraren koloreak. Ortzadarraren bizigarriak. Errutinak, ohikeriak, ankerkeriak, beldurrak... Horiek guztiek kaka bilakatzen ditiztek harreman ederrak zirenak. Entropiaren mendekua balitz bezala. Herdoilaren mehatxua.

–Alex, Alex, zer txapa da hori guztia? –moztu nahi izan zion Julenek.

–Bizitzaren esperimentua interesatzen zaidak.

–Zein esperimentu?

–Zuek, adibidez –azaldu zuen Alexek–. Zuen esperimentua interesatzen zaidak.

–Zer ari zara, baina? –erdi oihukatu zuen Irenek.

–Imanol eta Alazne, esaterako.

–Zer pasatzen da gurekin? –tonu hotzean esan zion Imanolek.

–Banandu ezinak izan zineten denboraldi batean. Eta orain, estutasuna baizik ez duk gelditzen.

Imanolek bere burua geldiarazi nahi izan zuen. Ulerkortasuna eskatu zuela bazekien, baina ezin zuen jasan.

–Eta hiri zer axola zaik? –jaurti zion Imanolek–. Zerikusirik izango ez bahu bezala, gainera.

–Axola zaidak, Imanol. Hik uste baino gehiago. Zuen artean estutasuna baino ez duk gelditzen, esan diat, baina noizean behin, oraindik ere, elkarren hutsa sentitzen duzue. Ala? Zera baino garbiago ikus zezakeat hemendik. Burugogorrak halakoak! Itsuegi ibili nahi izan duzue ez zakiat zenbat urtetan. Erosoago egiten zitzaizuelako. Ai –ingurura begiratu zuen–. Eta Julen? Hik eta Mirarik batera jarraitzen duzue oraindik. Baina ez diat irrika ikusten zuen begiradetan. Bizitzaren gogorrak ahitu egin zaituzte.

–Baina, baina, hik... –hasi zen Julen, serio. Ez zuen esaldi bat harilkatzen asmatu.

–Edo... Irene? –jarraitu zuen Alexek, bere zerrendatze partikularrean–. Ebakuntza-gelari bisitaren bat edo beste egin, artifizialtasun nabaria, sofistikazioa... Baina, egiazki, saminak hartutako bihotza. Non dun garai bateko freskotasuna? –burua mugitu zuen, batera eta bestera–. Eredua errepikatu egiten duk. Jarraitzea merezi al du? E, Haritz? Oraindik begirada iheskor horrekin? Edo Arantxa, sasoia galdu, bere ustean behintzat, eta bere burua gutxiesten hasi dena, eta lotsa berri batek hartua.

–Bueno, Alex, nahikoa duk. Zertarako etorri gaituk hona? Esango al duk? –galdetu zion Haritzek, lehor. Betaurrekoak aurrera botata zeuzkan. Bere tokian ipini zituen.

–Bai, Haritz. Esan baino gehiago egingo diat, gainera. Opari bat egin nahi nizuen.

–Oparia?

–Oso opari berezia –azaldu zien Alexek. Irribarre sarkorra loratu zitzaion aurpegian.

EROMENAREN INGURUAN

–Hein batean, zor dizuet oparia –azaldu zien Alexek.

Imanolek kokospekoa igurzten zuen. Haritz betaurrekoak jarri eta kendu ari zen. Irenek ilea eskuz orrazten-edo ziharduen.

–Opari bat –esan zuen Mirarik. Jada ez zeukan azazkalik jateko.

–Bizitza erakutsi behar dizuet.

–Bizitza erakutsi? –galdetu zuen Haritzek. Gero eta usain txarragoa hartzen zion guztiari–. Hi zora-zora eginda hago.

Alexek barre egin zuen. Eztula eragin zion barreak, baina hala ere karkaraz jarraitu zuen.

–Zoramena. Ai! Zoramena eta bizitza –aulkiko bizkarraren kontra jarri zen, zuzen–. Urteak zaramatzaat horrekin bueltaka. Bizitza eta bizitzea. Errealitatea eta eromena. Nahasmen ugaritan galdu nauk, baina, egia esan, gauza asko ikasi diat. Erakarri nauen edozein gaitan murgildu nauk: historia, filosofia, zientzia, arkitektura... –irribarre egin zuen–. Bueno, Erdi Aroko arkitektura batik bat. Elizengatik eta, badakizue. Baina ari nintzena: testu mordo bati hautsa kentzen ibili nauk.

Zoramenari dagokionez... –berriro egin zuen irribarre–. Platonek zioenez, lau eromen mota zagok. Horietako bat maitasunezkoa duk. Horretan, Platonen arabera, maiz, jainko edo daimon baten deabrutzea gertatzen duk. Deabrutxo modukoa izan daitekek, eta okupatzen duen pertsonarekin solasean jarduten dik. Sokratesekin hitz egiten omen zuena bezalakoa.

–Ile zuriduna? –galdetu zuen Arantxak. Alexek ez zion erantzun. Diskurtsoarekin segitu zuen.

–Erasmok ere Eromenaren laudorioa idatzi zian. Eromenik gabe, zioan, ez lukek posible izango osasuna. Eromen apurrik gabe, bizitzarik ez. Nietzsche, Van Gogh, Nijinski, Artaud... Zenbat ero! –Alexek barre egin zuen. Gero eta animatuago zegoela zirudien–. Deleuze eta Foucaulten arabera, eromena gizartearen ohiko arauen ukazioa izango lukek. Arau-emailea den diskurtsoarekiko protesta. Errealitatetik askatzeko era duk. Ordainean kartzela eskaintzen duen arren. Urrezko kartzela, hori bai. Baina kartzela azken finean. Zer egingo zioagu.

–Alex, zer egin behar duk? –galdetu zion Haritzek–. Alex?

–Ile zuriduna aipatu duzue –jarraitu zuen Alexek–. Maddi. Bai. Tumoreak sortzen omen zidaan ile zuriduna. Ba, seguruenez. Baina, niretzat, bene-benetakoa duk. Berarekin hitz egin zezakeat. Batera ibil gaitezkek. Ez nikek hori ezeren truke aldatuko. Gaixotasunak egin naik naizen bezalakoa. Ni eta ile zuriduna. Eta ile zuridunak, Maddik, purifikatzeko ordua iritsi dela esan zidak.

–Alex, zer ostia egin behar duk? –ozenki esan zuen Haritzek. Besteak ere susmo txarra hartzen hasiak ziren.

EZTANDA

–Ez zaidak denbora luzeegia geratzen. Eta ikusi egin nahi zintuztedan –barre-karkara egin zuen Alexek. Berriro atera zitzaion eztula–. Bizitza kolore anitzekoa duk. Bizitza ortzadar erraldoia eta amaigabea duk. Baina kakazteko arrisku handia duena. Eta nik opari bat zor nizuen. Guztiok elkartzea Imanolen ekimena izan dela pentsatuko duzue, agian. Berak ere hala uste dik. Baina ez. Edo ez guztiz. Bueno, areago, inola ere ez. Zenbait haritatik egin behar izan diat tira hori horrela zela emateko –irribarre laburra egin zion Imanoli. Ia adeitsua–. Tumoreak nahiko janda nauka barrutik, eta nire bizitzan egindako zenbait lantxo txukundu beharraz konturatu ninduan. Lehenbailehen egin behar nian, zer gerta ere. Elkartu egin behar zintuztedan. Eta elkartu gaituk.

Tximistargi batek gelako itzalak mugiarazi zituen, eta gehienen aurpegien urduritasuna nabariago gelditu zen. Trumoi zaratatsua entzun zen jarraian.

–Azken bi hilabeteetan zuen aztarnen bila ibili nauk. Nola bizi zareten ikusi nahi nian. Bizi al zineten jakin.

–Nola bizi al ginen? –jaurti zion Haritzek.

–Pentsatzen diat ikaragarrizko harrokeria iruditukoz zaizuela. Alegia, beste norbaitek, are gehiago ni izanda, zuen guztien bizitza epaitzea, eta bizirik al zeundeten erabakitzea.

–Ez diat ezer ulertzen, Alex –aitortu zuen Julenek.

–Zuen inguruko informazioa bildu diat. Non zenbiltzaten, eta zer egiten. Norekin, eta zein egoeratan. Ez nauk oso gustura gelditu.

–Alex, hi ez haiz Jainkoa, eta ezin duk jendearen bizitzak epaitzen ibili –aurpegiratu zion Irenek–. Nola, gainera? Hori guztia ezin subjektiboagoa duk.

–Horrela dun, bai –onartu zion Alexek–. Baina egin egin dinat. Zer egingo zionagu.

–Ez haiz txantxetan ari –esan zuen Haritzek, amorru ukitu batez.

–Ez nauk ari, ez. Eta kitto kalamatrika. Gatozen harira: katalizatzaile bat behar duzuela erabaki diat –jarraitu zuen Alexek–. Iruditu zaidak zuen bidetik at zabiltzatela. Eta berreskuratu egin behar duzuela.

–Baina zein haiz hi besteon bizitzetan sartzeko? –bota zion Imanolek.

Haritz jaiki egin zen. Alexengana joan zen.

–Alex, utzi lerdokeriak eta garbiago hitz egin ezak.

–Oso garbi ari nauk, Haritz. Sekula baino garbiago –jaiki egin zen–. Adi. Egon adi. Entzun.

–Entzun zer?

–Hauxe.

Eztanda.

Lehergailu baten eztanda ikaragarria izan zen. Eraikin guztia dardaraz hasi zen. Alexek bakarrik egin zuen irribarre.

Gelako hormetako bat pitzatu egin zen, zarata ikaragarria ateraz. Pusketaka erortzen hasi zen. Su olatuak agertu ziren zulo haren atzean.

–Zer da hau? –oihukatu zuen Imanolek.

Suak indar handiagoa hartu eta infernu bihurtu zuen ermita. Pixkanaka, erreakzionatuz joan ziren.

–Sua! –oihukatu zuen Arantxak–. Sua dago!

–Purifikatzeko ordua –esan zuen Alexek, harrabotsaren azpian. Aulkian eseri zen–. Malkoak euritan bezala galtzeko ordua duk.

Beste eztanda bat entzun zen. Bero-bafada erasotzaile bat iritsi zitzaien.

Burua batera eta bestera mugitzen hasi ziren. Handik irten egin behar zuten, baina ez zekiten nondik. Leihoa txikiegia zen. Atea… Aterik ez zegoen jada.

Hil egin behar zutela igarri zuten.

Alazne negar urdurian hasi zen. Imanol nora gabe zebilen. Mirarik Julen bilatu zuen. Eskutik heldu zioten elkarri.

Zer gehiago?

Keak gela menderatu zuen. Oihuak entzuten ziren. Haritzek serio begiratzen zuen aurrera. Urrunera. Ez zuen hil nahi.

Irene batera eta bestera hasi zen, ero moduan irteera bila. Orrazkera di-da batean desegin zitzaion. Arantxak garai bateko indarra atera zuen. Horma bat zulatu nahian zebilen aulki bat mailu gisa erabiliz. Haritzek beste aulki bat hartu zuen, baina nahikoa ez zela iritzi zion. Mahai osoa jaso zuen orduan. Arantxari albo batean jartzeko adierazi zion, eta, garrasi handia ateraz, zezena bezala oldartu zen hormaren kontra.

Julenek Alexi begiratzen zion.

–Zer egin duk, Alex? –galdetu zion–. Zer egin duk?

Alexek geldi jarraitzen zuen, gelaren erdian, eserita.

–Ulertuko duk.

–Ulertu. Zer ulertu behar diat, ordea?

IRTEERA BAT!

Haritzek egundoko takatekoa eman zion hormari. Kolpearen erreakzioaren bortxak lurrera jaurti zuen gizona, hauts laino batean.

–Zulo bat! –oihukatu zuen Arantxak. Aurpegia belzten hasita baino gehiago zeukan, kedarraren eraginez–. Haritz, zulatu egin duzu!

Haritz jaiki egin zen. Irribarre laburra egin zion Arantxari.

–Bai –esan zuen, harriduraz, eta mugimendu azkar batez betaurrekoak garbitu zituen.

–Irteera bat! Etorri hemendik! –oihukatu zien Arantxak besteei–. Azkar!

Ziztu bizian atera ziren zulo hartatik, bata bestearen atzetik. Kanpoan zeudela argi zegoen behintzat: euriak aurpegia busti zien. Keak dena hartzen zuen, hala ere, eta, gutxi balitz bezala, gaua zen. Gainera ez zegoen sua beste argirik inguruan, eta honek ez zuen, zeuden tokian behintzat, askorik argitzen. Ez zekiten non zeuden eta ezin zuten ezer askorik ikusi.

Eztulak gero eta ugariagoak ziren.

Teilen gainean ari zirela konturatu ziren berehala. Azpiko ermitaren teilatua, beharbada. Edo agian alboko eraikinen batena. Auskalo. Baina bost axola. Handik urrundu behar zutela zekiten bakarrik. Eta albait lasterren. Kontuz mugitu ziren, teila bustiak oso labainkorrak baitziren. Ez zekiten, ordea, nora jo behar zuten. Kearen erdian itota eta itsu zebiltzan.

–Hemendik! –oihukatu zuen Alaznek bat-batean, eztulen artean–. Etorri hona. Ur-hoditik!

Ermitaren kainuren bat aurkitu zuen Alaznek. Beherantz egiten zuen tutuak. Zaharra zen eta pitzatuta zegoen, baina ez zuten aukera handirik. Alazne bera ahalegindu zen lehendabizi. Ez zen lurra ikusten eta ia itsuan joan behar izan zuen kainuari helduta. Besteak zain geratu ziren teilatuan, emakumeak zer esango. Segundo gutxira entzun zuten Alazneren oihua:

–Jaitsi! Jaitsi hortik. Ematen duen baino errazagoa da!

Batak besteari lagunduz segituan jaitsi ziren. Lur parean ke gutxiago zegoen. Ermita barruko suak, hor bai, lekua argiztatzen zuen, eta elkar ikusi ahal izan zuten: denek zeuzkaten beltzak aurpegiak; bihotza dardaraz. Lasterka urrundu ziren metro batzuk, badaezpada.

Aurpegiera serioak zituzten eta eztulka jarraitzen zuten, baina onik zeudela konturatzean barre urdurian hasi ziren gehienak. Euria gogotik ari zuen oraindik. Haien zikinak garbituz joan ziren, apurka.

–Denok al gaude? –galdetu zuen Mirarik, urduri.

–Alex falta da –esan zuen Julenek, guztiak aztertu ondoren.

–Barruan geratu al da? –galdetu zuen Imanolek.

–Ez zuen irten nahi –jakinarazi zion Julenek.

–Atera egin behar dugu! –oihukatu zuen Mirarik, ermitara itzultzeko keinua eginez.

Ermita, barruko suaren eraginez, argiztatua zegoen. Inguruko baserrietako jendea hurbiltzen hasi zen pixkanaka, zaratak eta suak erakarrita.

Beste eztanda bat entzun zen.

Ermita osoa dardarka bezala hasi zen bat-batean. Horma pusketak erortzen joan zitzaizkion, zarata handiz. Burrunba handien artean, eraikina eraitsi egin zen azkenean.

–Erori egin da! –oihukatu zuen Arantxak–. Alex atera behar dugu!

Alaznek lasaitzeko adierazi zion.

–Ez dago zer eginik. Hortik, egon seguru, ezin du inork bizirik atera.

–Are gutxiago nahi ez bazuen –berretsi zion Imanolek.

Euriak montzoia balitz bezala jarraitzen zuen, bota eta bota.

–Erortzean itzali egin dela ematen du! –oihukatu zuen Mirarik, ermita zegoen lekuari begira.

Halaxe zirudien. Ermitak, eraistean edo, barneko sua ito zuten. Kanpoko euriak ere lagunduko zuen horretan.

KATARSIA EDO

Hurrengo orduetan mugimendu handia izan zen. Inguruko jendea, suhiltzaileak, anbulantziak, ertzainak... Sirena eta argi festa antzeko bat izan zen, ermita egondako inguruan. Sute-lekua pixka bat garbitu zutenean, nahiko harrituta gelditu ziren.

–Begira! Azpiko ermitak ez dauka apenas kalterik! –miretsi zuen Imanolek–. Ezer gertatu ez balitzaio bezala dago ia!

Horma bat pitzatua eta teilatu zati bat hondoratua: hori zen, antza –eta kedarrak utzitako beltztasunak aparte–, azpiko ermitaren zauri bakarra.

Zazpi lagunak plazako albo batean zeuden eserita, aterpean eta bizpahiru ertzainek zainduta. Zazpiak elkarren segidan zeuden, arropak urratuta eta aurpegiak, oraindik ere, zikin. Zazpi aurpegi nekatu. Zazpi aurpegi nahasi. Edozein eratan mozorrotutako ortzadar zarpaila ematen zuten.

Zekiten guztia deklaratua zuten ordurako, baina han egon behar zuten, badaezpada. Manta batzuk ekarri zizkieten estaltzeko.

–Zergatik egin du? –galdetu zuen Irenek. Hasperen egin zuen. Ilea nahasita zeukan, eta beldur zen oraindik. Negar zotinka hasi zen–. Ezin dut sinetsi bizirik nagoenik ere.

Julen oso serio zegoen.

–Horrexegatik egin duela uste dut. Denbora gutxi zeukan eta zerbait egin nahi izan du joan aurretik. Bere amaiera bizi, eta, bide batez, delako oparia egin. Zoratuta zegoen, eta horren arabera jokatu du. Baina mezu bat bidali digu bere eldarniotik.

–Mezu bat? Zein mezu? –galdetu zuen Alaznek.

Mirari hobeto tapatu zen mantarekin.

–Ez nago seguru –jarraitu zuen Julenek. Gurutze gorriko mutil gazte bat hurreratu zitzaien termo handi batekin. Baso bana eman zien eta kafesne iluna partitu. Trago bat egin ondoren, Julenek hitz egiten segitu zuen–. Bizitza erakutsi nahi zigula esan du.

–Esan duenez, gaixotasunari esker ulertu zuen hobeto bizitzaren balioa –ondorioztatu zuen Haritzek. Haren mantak doi-doi estaltzen zion gorputz erraldoia. Betaurrekoen lenteetako bat pitzatuta zeukan.

Itxura xelebrea ematen zion–. Eta bizitza balioztatzeko muga-mugan ibiltzea bezalakorik ez zegoela.

–Hori uste dut nik ere –berretsi zion Mirarik–. Arriskuan jarri nahi gintuen, hiltzera gindoazela pentsa genezan. Eta benetan sinetsita egon gara, une batzuez.

–Sinetsita? –esan zion Arantxak–. Sinetsita? Hi barruan egon haiz, ordea! Ikusi dun: hil egin gintezkenan!

–Hori ere gerta zitekeen –onartu zuen Haritzek–, baina uste dut, hotzean pentsatuz gero, eta beldurrak beldur, ez zela oso-oso zaila hortik onik irtetea. Oso deigarria izan da, oso zalapartatsua. Hala ere, onar dezagun, normalena ateratzea zen –tonua jaitsi zuen–. Nahi izanez gero, noski.

–Eta ermita gainera erori balitzaigu? –bota zion Arantxak–. Ikusi duzu: lauzpabost minutu baino gehiago ez dugu izan irteteko! Nola kalkula daiteke hori aldez aurretik?

–Bigarren eztanda bat izan da –esan zuen Julenek, bat-batean zerbait ulertu izan balu bezala–. Kanpoan geundela, bigarren eztanda bat entzun da.

–Egia da –onartu zion Arantxak–. Zain egongo zen, beharbada. Gu irteteko zain. Orduan leherraraziko zuen bigarrena.

–Baina zer nahi zuen zehazki? –galdetu zuen Irenek. Ilea txukuntzen ahalegindu zen une batez. Ez zuen ezer askorik lortu. Uztea erabaki zuen. Jada ez zitzaion axola–. Zertarako hori guztia?

–Agian –teorizatu zuen Imanolek– guztiok elkartzeko? Gure arteko loturak berreskuratzeko edo?

Imanolek Alazneren eskua sumatu zuen berean. Barka eske isil modura. Gizonak eskua estutu zion. Irribarre laburra egin zioten elkarri. Gero, banatu egin ziren eskuak. Kontzientzia arintzeko lain izan zen. Baina iraganak neke sendoegia zeraman berarekin. Denbora beharko zuten.

–Enpresa batzuetan egiten den bezala –gaineratu zuen Julenek–: langileak basoren batera-edo eraman, bakarrik utzi, eta han, zailtasunak eta eragozpenak direla medio, elkarren arteko harremanak biziagotu.

–Eta bizitzaren zaporea bizien dastatzeko, horrela esan badaiteke –suposatu zuen Arantxak. Haritzi begiratu zion–. Eta gure ausardiaz, ahaztuta genuen ausardiaz, ohartarazteko.

Irenek osatu zuen:

–Zabarkeriari eta ohikeriari amore emateagatik galdu dugunaz konturatzeko.

–Eta eliza? Begiratu nola geratu den eliza –azpimarratu zuen Mirarik–: azpikoak ez du apenas kalterik. Hori ere nahita egingo al zuen?

–Baietz egingo nuke –erantzun zuen Haritzek–. Ikasi zituen hamaika gai horien artean arkitektura ez al du aipatu?

–Erdi Aroko arkitektura –zehaztu zuen Arantxak, gogoratuz.

–Hori da: Erdi Aroko arkitektura. Akaso jakingo zuen zerbait elizen egituren inguruan –Haritzek ondorioak ateratzen jarraitu zuen–. Baietz iruditzen zait. Nahita egingo zuela. Zergatik aukeratuko zuen honakoa, ermita baten gaineko ermita? Alexek beti maitatu izan zituen sinboloak. Bi hilabete inguru izan zituen hau guztia antolatzeko. Gaineko ermita bakarrik erre zedin prestatuko zituen lehergailuak edo dena delakoa. Seguru. Gainazala maskara besterik ez zela adierazteko bezala, beharbada. Eta azpikoak, barneak, tente iraungo zuela iragarriz. Teorian baino areago, praktikan irakatsi nahi izan digu.

–Nik beldur handia izan dut, ba –aitortu zuen Mirarik–. Alex pasatu egin da.

–Alex beti pasatzen zen –azpimarratu zion Julenek–. Beti. Gertatzen dena da berari esker ikasi genuela zenbait gauza.

–Ematen duenez –gaineratu zion Imanolek–, irakaspenekin jarraitu nahi zuen.

Julen une batez urrundu zen, alboan bizi zen baserritar batekin hitz egiteko asmoarekin. Berehala itzuli zen.

–Alex ezagutzen omen zuen –azaldu zien besteei–. Duela pare bat hilabete agertu omen zen Astigarribian, eta ermitaren gaineko lan bat egin behar zuela esan omen zuen. Ermita itxita egon ohi zen, ematen duenez, baina berak gordetzen omen zuen giltzetako bat.

–Baserritarrak –zehaztu nahi izan zuen Arantxak.

–Baserritarrak, bai. Alexek lanarena esatean gizonak ez omen zuen ezer arrarorik sumatu, gaixo itxura hura izan arren, eta lasai utzi omen zizkion giltzak. Alex noiz edo noiz azaldu omen zen harrezkero, ermita aztertzeko edo. Hori pentsatu zuten, behinik behin. Ez zutela ezer bitxirik ikusi esan dit. Denbora horretan egingo zituen Alexek prestakuntza guztiak.

Guztiak isildu ziren segundo batzuez. Trumoi urrun bat entzun zuten halako batean. Euria atertu egin zuen, zarata hura beste norabait joan behar zuelako seinaletzat hartu balu bezala. Lainoak sakabanatuz joan ziren eta ilargi betea azaldu zen haien atzetik, zeruko arimaren isla balitz bezala.

Bigarren trumoi bat entzun zuten. Urrun.

Haritzek manta kendu zuen gainetik.

–Badakizue? Gaizki gogoratzen ez badut… –besoak gurutzatu eta ezpainak estutu zituen, pentsakor. Betaurrekoen lente pitzatua kendu eta zakarrontzi moduan zegoen poltsa batera bota zuen. Jada ez zion ezertarako balio. Irribarrea atera zitzaion, gero–. Gaizki gogoratzen ez badut, euskal mitologiako Mari jainkosa Maddi bezala ere ezagutzen zen. Ba, Maddi bere bikotearekin elkartzen zenean, hau da, larrua jotzen zutenean, ekaitza izaten zen. Trumoiak eta tximistak.

–Zer esan nahi duk, Haritz? –galdetu zion Julenek, harrituta.

–Ezer ez. Oraintxe gogoratu nauk horretaz –erantzun zion Haritzek–. Eta baita Mari, edo Maddi, suz jantzita ager daitekeela, edo bere burua ilargi beteak inguratzen duela, edo ortzadar bihur daitekeela… –irribarre egin zuen–. Baina tira, hori mitologia besterik ez da.

AITORTZA

Oraindik argitu gabe zegoen Mirari eta Julen etxe aldera abiatu zirenean. Ez zegoen inolako hodei aztarnarik. Izarrak distiratsuenean ari ziren.

Mirari zihoan txofer.

–Zer? –galdetu zuen emakumeak.

–Ezer ez. Zuri begira nengoen –erantzun zion Julenek–. Hori bakarrik.

–Urduri jarriko nauzu, Julen. Badakizu ez zaidala gustatzen.

–Honezkero ohituta egon beharko zenuke –esan zion, irribarrez.

Neskak arnasa hartu zuen, sakon.

–Gure azkena zela pentsatu dut –aitortu zuen–. Egundoko beldurra pasa dut.

–Bai. Gureak egin zuela sinetsita egon naiz ni ere.

Deba alderako bidean ziren. Itsasoa, noizean behin, mendixken artean azaltzen zen, segituan ezkutatzeko berriro. Jolasean ariko balitz bezala.

–Eta Alexena… Gogorra izan da –esan zuen Mirarik. Zurrun nabari zuen oraindik gorputza. Autoko argi motza jarri zuen. Argi luzea jarraian. Motza. Luzea. Nerbio-tik batek joa bezala zegoen–. Badakizu? Aspaldian, berarekin txoratuta egon nintzen.

Segundoak joan ziren isilean.

–Alexekin –suposatu zuen Julenek. Mirarik ez zuen erantzun. Ez zegoen beharrik–. Gu biok elkarrekin hasi ondoren ere.

–Bai, gu biok elkarrekin hasi ondoren ere. Nire... Nola esan... –begiak erdizka itxi zituen, kontzentratuz–. Nire amets partikularra balitz bezala edo. Nire euskarri propioa. Haren oroitzapena. Haren ideia...

Mirarik bolante-kolpea eman zuen bat-batean eta, goma hotsean, mendi-bide kaskar batetik sartu zen. Julenek oreka galdu zuen. Ia emaztearen gainean erori zen.

–Mirari! Zer ari zara? –galdetu zion gizonak, harrituta, eta eserlekuari eutsiz. Mirarik ez zuen zirkinik egin.

–Ba, gaur eldarnio hutsala zela konturatu naiz –jarraitu zuen emakumeak. Aurrera begiratzen zuen, baina begirada galduta zeukan, bertan egongo ez balitz bezala–. Nik neuk sortutako kimera distiratsua –beste bolante-kolpe bat eman zuen–. Alderatu egiten zintuztedan.

–Mirari! Zoratu egin al zara? –jaurti zion Julenek. Mirariren soraiotasunaz jabetu zen. Zer esan zion? Alderatu egiten zituela?–. Alex eta ni?

–Hor zegoen, ba, gakoa. Alex ez, baizik eta nik barnean neukan Alexen irudia. Eta zu –malko bakarti batek zeharkatu zion masaila–. Beharbada horregatik urrundu nintzaizun. Ezin zenuen irabazi.

Julen zer pentsatu ez zekiela zegoen. Nora zihoan Mirari? Berak ez zuen bide hura ezagutzen, eta lepoa jokatuko zukeen Mirarik ere ez zekiela non zebilen. Bide estua zen. Estuegia. Bihurgunez beterikoa. Eta egundoko amildegiak agertzen ziren eskuinaldean noizean behin.

–Mirari, non gaude? Mirari!!

Mirarik entzun ez balio bezala segitu zuen aurrera begira, beharbada nahikoa zuen autoa bide barruan eramatearekin.

–Gauza bat esan behar dizut –oldartu zen emakumea azkenean. Zuhaitz adarren batek autoaren aurreko kristala jo zuen, sorgin zahar baten eskua bailitzan. Zuhaitz gehiago azaldu ziren haren atzean, gudaroste mehatxatzaile bat iduri–. Gogoratzen zara Imanolen anaiaren pisuan egin genuen azken egunarekin?

Julenek giharrak zurruntzen sentitu zituen. "Jauna, emaiguzu gaur gure eguneroko bihozmina". Lagun taldearekin pisuan egin zuten azken eguna. Horixe gogoratzen zuela. Nahi baino hobeto.

–Ba –jarraitu zuen Mirarik. Malda gora egiten ari zitzaion hitz egitea; gero eta gehiago–, orduan, egun hartan, zera... Alexekin egon nintzen. Elizan –beste bolante-kolpe bat–. Alexekin.

–Bai, esan duzu.

–Ez, ez dut esan. Hark eta nik...

Juleni zaineldua egin zitzaion ariman. Oroitzapenaren oinaze isilak jo zuen, mailu basati bezain mutu baten moduan.

–Badakit, Mirari.

–Ez, ez dakizu.

–Badakit –gaitza, alditxarra, zorabioa. Juleni mundua gorriz tindatu zitzaion. Ez al zeukan, ba, ahaztuta, gaindituta? Ez?–. Badakit zer gertatu zen txoko ilun hartan.

Orain lauagoa zen bidea. Autoak jauzi gutxiago egiten zuen, eta metro batzuk aurrerago ikus zezaketen. Mirarik gehiago zapaldu zuen azeleragailuaren pedala. Ia hondoraino.

–Ba al zenekien? –oihukatu zuen emakumeak, autoak ateratzen zuen zarataren gainetik entzungarri izateko.

–Haritzek ikusi zintuzten. Dena kontatu zidan.

–Ba al zenekien? –bigarren galdera bere baitarako egin zuen Mirarik. Hipnotizaturik bezala. Juxtu-juxtu saihestu zuen bidean agertu zen harkaitz bat.

–Zu burutik kentzeko aholkatu zidan –esan zion Julenek.

–Zergatik ez zenidan esan? Zergatik ez zinen haserretu? Gezurra esan nizun!

–Nola besarkatzen zenuen ere kontatu zidan –jarraitu zuen Julenek–. Eta ez zenuela zure burua kontrolatzen. Nik ezin nizun hori aurpegiratu.

–Zergatik ez zenidan esan? –oihukatu zuen Mirarik.

Gazte bat etorri zitzaion gogora emakumeari. Bere ile-xerloarekin jolasten zuen gazte maitemindua. Ilea ez mozteko eskatu ziona. Leku erromantikoa zer izan zitekeen jakin ez, nonbait, eta lehenengo musua komun batean eman ziona. Zirrara gordin batek hartu zion gogoa. Hunkituta zegoela konturatu zen.

Zuhaitzen adar artean, itsasoa azaldu zitzaien aurrean. Urrun zegoen. Urrun eta oso behean. Itsas labar ikaragarria azaldu zitzaien aurrean. Zuzen-zuzenean zihoazen harantz.

Mirarik azeleratu egin zuen.

–Mirari. Mirari! –oihukatu zuen Julenek–. Mirari, zer demontretan ari zara? Miraariiii!

ORTZADARRA SUTAN

Freno hotsak entzumena ito zion. Julenen gorputzak, Newtonen lehen legea zintzo-zintzo betez, aurrera jarraitu zuen, inertziak bultzatuta. Segurtasun-uhalaren teinkada sentitu zuen biriketan.

Gero, isiltasuna.

Hamaika kristal-iruditan apurturiko izarrak ikusten ziren uraren gainazalean. Itsasoa bare zegoen. Eta urrun oraindik. Oso behean. Olatuen oihartzuna iritsi zitzaien, haizeak aldrebestua.

–Ondo al zaude? –galdetu zuen Mirarik. Negarrez ari zen.

Julenek itsasoari begira jarraitzen zuen. Ontziren baten argia ikusi zuen hodeiertzean. Burua eserlekuaren bizkarraldean jarri zuen, hasperen eginez.

–Zer gertatu zaizu? –galdetu zuen gizonak. Eskutik heldu zion emazteari.

Mirarik ezin zion negar-zotinari eutsi. Julenen besoak bilatu zituen.

–Itzalak eta errautsa. Fisika eta kimika. Hori baizik ez –esan zuen emakumeak, azkenean–. Hain sinplea da esatea…

Julenek indartsuago heldu zion eskutik. Mirarik besarkatu egin zuen.

–Baina gero mamuak daude –onartu zuen gizonak.

–Gero mamuak daude, bai.

–Etorri –Julen Mirariren besarkadatik libratu zen, samur. Autotik irten zen–. Etorri kanpora.

Autoaren kapotan eseri ziren biak. Julenek beso batez inguratu zuen Mirari.

–Gau bitxia benetan –esan zuen gizonak. Hotz zegoen, baina autoaren motorraren epeltasunak babes termiko txiki bat eskaintzen zien–. Hobeto al zaude?

Mirarik barre txikia, lotsatua egin zuen.

–Ezetz uste dut.

Paisaiari begira egon ziren pixka batean, geldi. Isilik. Gau hontz mutuak bezalakoak ziren.

–Ametsak galdu genituen? –galdetu zuen Mirarik.

Julenek urrunera begiratu zuen. Hodeiertza. Ezezaguna.

–Hori zen bidea –esan zuen, gero.

–Bidea? –galdetu zuen Mirarik–. Eta zenbat bide dago? Zenbat bide baztertu genituen?

–Halabeharrezkoa zen. Begira besteak; ez gaude okerrago. Gutako bakoitza ortzadar erraldoi baten zati txikia da. Eta ortzadarra nahiko nahasia da.

–Bizitza ortzadar moduan. Irudi polita da –erabaki zuen Mirarik–. Baina ortzadar hori erotuta dago.

Julenek estuago heldu zion gerritik, eta musuka hasi zitzaion. Mirarik hizkuntza berean erantzun zion. Burua atzeratu zuen momentu batez.

–Nolakoa da gure ortzadar zatia? –xuxurlatu zion Mirarik. Neskaren begiek irribarre egin zuten. Azkenean.

Gizonak eskua sartu zion hankartean. Mirarik aurrera egin zuen aldakekin, eskainiz.

–Nolakoa? Orain? –murmurikatu zuen Julenek. Irribarre leuna egin zuen–. Ortzadarra sutan dago.

Olatu bat lehertu zen urrunean. Eguzkiaren lehen izpiek argiz jantzi zuten itsasoa.

Mirariri ile-xerloa erori zitzaion kopetara.

Ez zuen kendu.

ESKERRAK

Zerbait bagara, gure bidean gertuen ditugun horien laguntzari esker izaten da. Eskerrak emateak luzeegi joko lidake, baina, laburbilduz bada ere, ahalegindu nahi nuen. Eskerrak, ba, gurasoei eta arrebari, koadrilakoei (Arte, Patta… denak: laostia zarete), musikariei (hurrengo malatxitoa, noizko?), karatekei (ios!), fisikariei (gora Marte gorria!), filosofoei (txapa gutxiago!), literatur munduan lagundu didaten guztiei (idazleak, editoreak, irakasleak)… Hainbeste jenderi. Baina hala ere, azken bi aipamen egin nahiko nituzke. Bata, bekatari berezi bati (berak badaki zergatik). Eta bigarrena, euskararen bidera –ustekabean– ekarri ninduen irakasleari: alegia, Rosario Lasari. Eskerrik asko. Besarkada bat. Guztiei.

IGARTZA SARIAren **aurreko irabazleak:**

- Connemara gure bihotzetan
  Julen Gabiria

- Egun denak ez dira berdin
  Xabier Etxeberria

- Korapiloak
  Jasone Osoro

AURKIBIDEA

2002

1987